虹《にじ》

8

北日本新聞社編

虹《にじ》8【もくじ】

誰《だれ》もいないから両手を広げた

1

無《む》伴《ばん》奏《そう》の言葉は響《ひび》く

自由律俳句への情熱再び

お祈り終わらない横顔を見ている

恋人《こいびと》、あるいは思いを寄せる人と初詣《はつもうで》に行ったのだろう。神様に祈《いの》ることよりも、隣《となり》にいる大切な人に意識が向いている。青春のきらめきと、いとおしさをぎゅっと凝縮《ぎようしゆく》する。

無伴奏にして満開の桜だ

美しい桜にうっとりとして、周囲の雑音が聞こえないのか。それとも一本桜が凛《りん》と咲《さ》き誇《ほこ》る光景なのか。無伴奏という音楽用語が桜の美しさを引き立てる。いずれも氷見市《ひみし》の岡田幸生《おかだゆきお》さん（58）の手による自由律俳句だ。作者は自作をこう振《ふ》り返る。「青いなあ、というのがまずあります。でも、それでいいのかなとも思う」岡田さんは自由律俳句の俳人として短詩系文学の界隈《かいわい》では知られた存在だ。SNS

やブログで言及《げんきゅう》する愛好家も多い。交流がある歌人の穂村弘《ほむらひろし》さん（58）は、岡田さんの「さっきからずっと三時だ」という句に触《ふ》れ、こう語る。「現実には多分時計が止まっているんだろうけど、もしかしたら自分が死んでいるのかもしれない。透明《とうめい》な優しさや怖《こわ》さを感じる」

自由律俳句は五七五の形式にとらわれず、自由な韻律《いんりつ》で詠《よ》む。尾崎放哉《おざきほうさい》の「咳をしても一人」や、種田山頭火《たねださんとうか》の「分け入っても分け入っても青い山」がよく知られている。見過ごしてしまいそうな情景や、ふとした感情の動きを季語にも定型のリズムにも頼《たよ》らずつかみ取る。心の中のつぶやきのような奔放《ほんぽう》さが魅力《みりょく》だ。

岡田さんは30歳《さい》からの数年、この自由律俳句に没頭《ぼっとう》した。その成果は『無伴奏』という句集にまとめて、１９９６年に刊行した。今のところ、岡田さんにとって最初で最後の句集だ。

＊

岡田さんは高校卒業後、ＮＴＴの前身である電電公社に入った。事務職として県内の事業所で働いた。読書好きではあったが、特に何がしたかったわけでもない。安定した仕事なら、口うるさい親も安心してくれた。

入社して10年。岡田さんは会社の国内留学制度で、東海大学に進学した。制度上、選べるのは政治経済学部か法学部だけだった。本が好きだから、言葉に少しでも関係することを学びたい。「法律は言葉だ」と思い、法学部を選んだ。

しかし、大学はつまらなかった。憲法のゼミに入ったが、真剣《しんけん》になれなかった。若い同級生たちは子どもに見えたが、授業態度は自分も同じようなものだった。

3年生の夏の日、大学近くの喫茶店《きっさてん》に入った。店内に飾《かざ》られていた色紙に、不思議と気になる言葉が書かれていた。「うれしいお店のコーヒーカップは両手で持つ」。論理的ではないが、伝えたいことは分かる。マスターが自由律俳句だと教えてくれた。

色紙を書いた俳人、故北田傀子《きただかいじ》さんがこの店で句会を定期的に開いているという。

山頭火も放哉も知らなかったが、自分にもできる気がした。

句会で事前に用意した句を発表すると、北田さんが気に入ったものに丸をつけてくれた。その一つがこんな一句だった。

各駅停車だから見える質屋だ

「情景が見える。だからいい」と言ってもらえた。そして、耳で聞いて分からない言葉は使わない方がいいと教えてくれた。

それから頭に湧《わ》いて出る言葉をメモするようになった。毎月のように集まりに参加するうちに、評価してもらえる句が増えた。物足りなかった学生生活に張りが出た。「自由律はオーダーメードの服みたい。一つ一つのテーマに合った言葉の長さにできる」と思った。

大学を卒業して、富山に帰った後も、北田さんに作品を送ったり、上京して句会に足を運んだりした。数百の句がたまると、句集『無伴奏』を自主出版した。300部刷った句集は関係者に配り、普及《ふきゅう》し始めたネットを通じて販売《はんばい》した。話題になることもないが、読んでくれた人には好評だった。岡田さんは知る人ぞ知る存在になった。

しかし、環境《かんきょう》が変わったからか、上達したからか、自由律俳句への情熱が薄《うす》れた。ひらめいても「なんだよ、こんなもん」と思った。自分が出がらしになった気がした。

会社も辞《や》めた。父親が亡《な》くなり、心配をかける家族が減ったことから、自由に生きてみたい気がした。「職場に不満があったわけでもないんです。若かったんでしょうね」。関東に戻《もど》った。手に職を付けようと、鍼灸《しんきゅう》マッサージの専門学校に入った。デスクワークではなく、体を使う仕事がしたかった。

*

専門学校を卒業後、福祉施設《ふくししせつ》やマッサージ店で働いた。自由律俳句からは離《はな》れてしまっていたが、短歌を詠んだ。公募《こうぼ》のコンクールで受賞もした。穂村弘さんのように一線で活躍《かつやく》する歌人とも交流した。『無伴奏』を読んで、注目してくれていた。

一方で「短歌をばかにしているのか。五七五七七の調べにすればいいと思っているんだろう」と言う人もいた。そんなつもりはなかったが、自由律俳句に打ち込《こ》んだようには作れなかった。確かに遊び感覚といえば遊び感覚だ。自由律俳句をやる気はないが、短歌にも熱中できない。どこにも何にも根付いていないような虚《むな》しさを感じた。

東京での暮らしが10年になろうとしていた頃《ころ》、東日本大震災《だいしんさい》が起こった。それを境に勤める店の客足が落ち込み、実入りも減った。ちょうど賃貸《ちんたい》マンションの契約更新《けいやくこうしん》日《び》を迎《むか》えようとしていた時期。年老いた母の体調も気になり、帰郷することにした。マンションからは富士山や建設中のスカイツリーが見えた。離れるのはさびしく、都落ちするのだとも思った。

富山では、フリーで書籍《しょせき》の校正《こうせい》の仕事を請《う》け負った。大きな稼《かせ》ぎにはならないが、暮らすことはできる。ある日、ネットをのぞくと、『無伴奏』に1万円以上の値が付いていた。元々は定価2千円の本。ばかばかしく思い、簡易な装丁《そうてい》で19年ぶりに復刊した。俳句や短歌など短詩系文学の愛好家が待ち望んでいたことでもあった。岡田さんは再注目され、作品は詩の名作を集めたアンソロジーにも収録された。

＊

神奈川県の大和市立北大和《やまとしりつきたやまと》小学校の教諭《きょうゆ》、藤本慎《ふじもとしん》さん（36）は児童の保護者にそのアンソロジーを教えてもらった。特に興味を持ったのが、岡田さんの句だった。保護者に告げると、たまたま持っていた『無伴奏』の新装版も届けてくれた。2020年7月。新型コロナウイルスの感染《かんせん》拡大で休校していた小学校の登校が再開された時期だった。

異例の状況《じょうきょう》の中で始まった学校に児童たちは戸惑《とまど》っていた。心の動きを素直に言葉にしてもらうにはどうしたらいいか。藤本さんは担任を務める6年1組で岡田さんの句を紹介《しょうかい》してみた。「〝正解〟を求める学びだけでなく、自分の感性を大切にしてもらいたかった。岡田さんの句は自分の心の動きを感じられる言葉だと思った」と言う。

さっきからずっと三時だ

見たこともない俳句に子どもたちは驚《おどろ》いた。古めかしくない今の言葉だ。「時計が壊《こわ》れたの？」「気まずくて早く時間が進まないかな」。さまざまな意見が出て、授業が活気づいた。岡田さんの他の作品にも触れ、クラスで句会も開いた。「快晴おわりはあるのか」「コンパスのはりをさした所が中心」「見わたすかぎりゴリラ」。ユニークな句が次々と生まれた。藤本さんはその様子を岡田さんにも知らせた。児童も岡田さんに手紙を送った。岡田さんは一人一人に返事を書いた。

自分の言葉が子どもの心に響《ひび》いたことも、自由律俳句を作ってくれたこともうれしかった。「『無伴奏』に負けないものを、また作らないといけないのかも」。背中を押《お》された気がした。

最近、同人誌の依頼《いらい》を受け、久しぶりに連作を発表した。こんな句も入れた。
マスクしてたって笑窪なんでしょう
コロナウイルスによる社会の混乱を柔《やわ》らかく、明るく受け止めた一句だ。
（2021年1月1日掲載《けいさい》）

岡田さんと交流した児童たちはもう小学校を卒業した。面白い句柄《くがら》で記憶《きおく》に残る才能の持ち主もいたという。「優等生タイプと天才肌《てんさいはだ》の子がそれぞれ1人。何らかの形で創作を続けてほしいな。自由律じゃなくてもいいし」と岡田さんは期待する。

活発とは言えないけれど、マイペースに創作を続けている。「スイッチが入ればできるんですよね。だから、誰《だれ》かから依頼を受ければ作りやすい」。2022年5月に発刊された同人誌「九重」に寄せた連作はこんな一句から始まる。

あっという間の夢のような還暦

2

売れっ子美容師山里へ

1人を大切にする土蔵の美容室

琉球《りゅうきゅう》音楽が白壁《しらかべ》の空間に流れる。壁の額には沖縄の伝統衣装《いしょう》をまとった女性や、青い海を泳ぐ生き物を描《えが》いた切手が収められている。優しい光が差《さ》し込《こ》む窓の外には雪化粧《ゆきげしょう》した神通峡《じんずうきょう》の山並みが見える。

美容室「髪《かみ》と生活　MUUCHI《ムーチ》」は岐阜県境に近い富山市片掛《かたかけ》（細入《ほそいり》）の山里にある。店内では雪国の空気と南国の気配が溶《と》け合《あ》う。「本土の人が沖縄で開くお店みたいな雰囲気《ふんいき》にしたかった。開放的な気分になってもらいたい」。店を1人で切り盛りする森田《もりた》さおりさん（42）が明かす。

森田さんは2015年に沖縄から夫と娘《むすめ》と移住し、2年後に息子を出産した。その翌年、新居にあった土蔵を店に改装した。富山市の中心部から車で40分以上要し、他に店もない場所だが、遠方からの客も少なくない。滑川市《なめりかわし》の高松睦子《たかまつちかこ》さん（60）は「いつもお任せ。森田さんが切ってくれたら自分が自分に戻《もど》れる気がするの」と信頼《しんらい》を寄せる。

森田さんは乾《かわ》いた状態で髪を切るドライカットを重視する。「整髪料を使ってスタイリングした髪はかっこよくて当然。適当に乾かしただけでも、すてきになってほしい」と説明する。

商売っ気はあまりない。常連客が「今週行きたい」と予約の電話をかけてきても、髪の伸《の》び具合を想像して「来月でも大丈夫《だいじょうぶ》」と返す。求められなければ、シャンプーやスタイリング剤は売らない。「自分だけの店だから売り上げにこだわらなくていい。あと私自身がお金に細かいからこそ、お客さんにも損をさせたくない」と笑う。

かつては名古屋の売れっ子美容師で、多い日には20人以上の髪を切った。今は「1日で2人くらいが理想」と言う。その分、1人1人とゆっくり向き合う。

＊

生まれ育ったのは愛知県南知多町《みなみちたちょう》。海が見える町だ。高校生時代には、アルバイト代のほとんどを服に費やした。もちろんヘアスタイルにも凝《こ》った。夏休みになると、ティッシュを使って簡易なパーマに挑戦《ちょうせん》したり、髪の毛を赤く染めたりした。登校日には頭にタオルを巻いて、教師の目から逃《のが》れた。

4人きょうだいの長女で、家計を思えば早く独立したかった。当時の美容専門学校は2年制の現在と違《ちが》い、1年で卒業する仕組み。実店舗《じってんぽ》での1年間のインターンを経て国家試験の受験資格を得られた。学校に通う期間は短く、親の負担は少ない。何よりも髪をいじるのが好きだった。

美容師の仕事には向いていた。勤めることになった名古屋の美容室では、新人がアシスタントとしてシャンプーやパーマを1日に何十人もこなす。人によっては、薬剤《やくざい》やお湯で手の皮脂膜《ひしまく》がはがれてしまう。技術や才能があっても手荒《てあ》れが原因で美容師の道を諦《あきら》める人は多い。しかし、森田さんは不思議と手荒れには縁《えん》がなかった。

勤め始めた90年代末に「カリスマ美容師ブーム」が到来《とうらい》した。勢いのある美容室には、たくさんの客が訪れた。森田さんの店は拡大路線を取り、同期入社の仲間がたくさんいた。負けたくなかった。指名を誰《だれ》よりも受け、ひと月の売り上げは数百万円にも達した。美容雑誌でのスタイリングも任され、早々に店長になった。

ただ生活はすさんだ。午後11時に仕事を終えてから後輩《こうはい》を連れて飲みに行く。午前1時に家に帰って、湯船で寝《ね》てしまう。そんな日々だった。体力的に美容師がたくさんの人数をカットできるのは30代前半まで。この調子でずっと働けるわけがない。

不安を感じ始めた時期に店の経営方針をめぐってオーナーと衝突《しょうとつ》した。かっとなって退職の意志を告げた。とは言っても、客の予約は既《すで》に入っている。店長職を引《ひ》き継《つ》ぐ責任もある。結局、口論の1年半後に辞めた。入店して14年たとうとしていた。

オーナーは手厳しく意見してきた森田さんをねぎらった。会社の規定上、退職金はなかったが、少なくない金額のご祝儀《しゅうぎ》を包んでくれた。「頑張《がんば》ってくれたお前にはあげたかった」と言ってくれた。

＊

次の仕事のあてはなかった。ただ多忙《たぼう》な美容師生活から一度逃れてみたかった。少ない休暇《きゅうか》の中で何度も訪れ、大好きだった沖縄を旅することにした。

現地の友人が那覇《なは》のカフェを紹介《しょうかい》してくれた。カレーとコーヒーがおいしい店だ。経営していたのは、立山町《たてやままち》出身で夫となる雄紀《ゆうき》さん（37）だった。「観光客が来るような場所じゃなかったから変わった人だなって思った。でも自然に話せる気がしました」と雄紀さん。ウマが合った2人は結婚《けっこん》した。森田さんは美容師時代の経験を生かし、沖縄の美容専門学校の講師になった。しかし、はさみを手にすると、実際に客の髪を切りたくなった。教壇《きょうだん》を降り、現場に戻《もど》った。

美容室で勤め始めたところで、妊娠《にんしん》した。店に報告したところ、「店に迷惑《めいわく》になると思わなかったのか」と怒《おこ》られた。業務中に冷たく当たられ、退職に追い込《こ》まれた。沖縄の海や文化は大好きだったが、家賃や物価は高く、共働きでないと食べていけない。悩《なや》んだ挙げ句、沖縄を離《はな》れることにした。

どうせ子どもを育てるなら、ジブリ映画に出てくるような自然いっぱいの土地で暮らしたかった。愛知の実家周辺で新居を探してみたが、手頃《てごろ》な物件はない。次に夫の故郷、富山をネットで調べると、格安な中古物件があった。山里にあり、平屋建てなのが気に入った。森田さんは身重だったため、夫が家を下見して契約《けいやく》を結んできた。

無事に娘を出産すると、森田さんも新居を見に行った。3月なのに道路の脇《わき》には膝《ひざ》より高く残雪があった。冬場を思うと、ここで暮らせるのかと不安になり、涙《なみだ》がこぼれた。見かねた義母が言ってくれた。「一生住もうとしなくてもいい。しばらく子育てを楽しむための場所と思ったらいい」。その言葉で気が楽になった。雪も冬支度をすれば大丈夫だった。自分でみそやジャムも作るようになった。美容師時代の生活からは考えられないことだった。

＊

娘が保育所に入ると、再びはさみを握《にぎ》りたくなった。夫は林業の仕事を得ていたが、自分も何か張り合いが欲《ほ》しい。しかし、雪深い山里で子育てしながら、まちなかに通勤するのは難しそうだった。移り住んだ家には、築100年程度の土蔵があり、店にするには十分な空間だった。改装が必要だったが、家賃が発生するわけじゃない。客が少なくても、保育所代を稼《かせ》げれば十分だ。名古屋で勤めていた店のオーナーに相談すると、中古の設備の手配に協力してくれた。

店名に「生活」の2文字を入れたのは、かつての反省からだ。刺激《しげき》よりも、日々の営みを大切にしたいという願いを込めた。「MUUCHI」は沖縄の言葉で「6」を意味する。柔《やわ》らかな語感が好きだった。

最初の客は、蔵を改装した建築業者の友人で、次はママ友。その後、予約の電話は鳴らなかったが、「家事でもしていたらいい」と焦《あせ》らなかった。

オープンから数カ月してケーブルテレビで取り上げられた。物珍《ものめずら》しさからか客足が伸びた。SNSや口コミでも興味を持つ人がいた。

通常1人で切り盛りする美容室は、カットだけの客なら1人1時間程度で済ませる。しかし、森田さんは1時間半かける。カット後にお茶を出してくつろいでもらうためだ。お金のために無理に客を詰《つ》め込むつもりはない。

髪を切って気分が華《はな》やいでいる人と過ごす時間が気に入っている。名古屋よりも、沖縄よりも、この店にはゆっくりとした時間が流れている。「これで良かった。ここで良かった」と心底思う。

（2021年2月1日掲載《けいさい》）

森田さんが「MUUCHI」を開店するには、父、敏夫《としお》さんの存在が大きかった。敏夫さんが「結婚資金に」と貯《た》めてくれたお金を、建物のリフォームに充《あ》てた。愛知県の実家から娘の店を見にきた敏夫さんは、うれしそうに森田さんに髪を切ってもらったという。普段《ふだん》通っている店への配慮《はいりよ》なのか、滅多《めった》に髪を切らせてくれなかったというのに。

この「虹《にじ》」が掲載された日、入院中の敏夫さんが危篤《きとく》になった。「最後の面会の機会」と、森田さんは子どもを連れて実家がある愛知の病院まで駆《か》けつけた。手には「虹」が掲載された新聞を携《たずさ》えていた。

ベッドに横たわる敏夫さんに「今日、新聞に載《の》せてもらったんだよ」と声を掛《か》けた。面会時間は過ぎており、病室には長居はできなかったし、コロナ禍《か》の影響《えいきょう》で自由に面会することはできなかった。数日後、母の節子《せつこ》さんが記事の一部を読んであげた。娘が遠く離れた山里で頑張っていることを伝えた。その晩、敏夫さんは旅立った。

3

58代目住職は 元DJ

つながりを感じられる寺を目指して

サンボマスターや星野源《ほしのげん》さん、Official髭男《ひげだん》dismといえば、今をときめく人気のJ－POPのスターだ。そのヒット曲の歌詞はカラオケやスマホを通じ、たくさんの人の目に届く。魚津市《うおづし》の古刹《こさつ》、慈興院大徳寺《じこういんだいとくじ》の掲示板《けいじばん》にも月替《つきが》わりで張り出されている。

寺がTwitterにその様子を写した画像をアップすると、何百回もリツイート（引用・転載《てんさい》）され、何千回も「いいね」される。玉突《たまつ》きのように若い音楽ファンに共有される。実際に車で寺の近くを通る人もスピードを緩《ゆる》めて眺《なが》めていく。

Twitterでは、住職の佐伯徳順《さえきとくじゅん》さん（42）が歌詞を仏教的に解説する。例えば昨年8月に張ったOfficial髭男dismの「Laughter」。地位や名誉《めいよ》より、今を生きること自体が素晴らしいと伝える歌詞を、「天上天下唯我独尊《てんげゆいがどくそん》」という仏教用語と引き合わせて「人間として生まれている『あなた』が、今すでに尊い存在」として紹介《しょうかい》した。

掲示板で取り上げる歌詞は時勢に合わせ、流行歌の中から選ぶ。「仏教は人生を生きやすくする薬のようなものと言う人がいる。音楽も歌詞も人生を生きやすくする薬のようなものでしょう」と佐伯さん。

寺は立山《たてやま》を開山したという佐伯有頼《ありより》の父、有若《ありわか》が開いたとされる。佐伯さんは58代目の住職だ。総代の笹島昭人《ささじまあきひと》さん(55)＝入善町《にゅうぜんまち》＝は「新しいスタイルで頑張《がんば》ってますよ。門徒が高齢化《こうれいか》していく中で、若い人にどうやって仏教に関心を持ってもらうか一生懸命《いっしょうけんめい》考えている」と話す。

佐伯さんは大の音楽好きだ。かつては夜な夜な若者が音楽やダンスを楽しむ京都のクラブでＤＪとして活動していた。当時は「寺の息子」という独特のレールを敷《し》かれた人生に反発していた。自由に生きたかった。

＊

中高生の頃《ころ》、毎年のクラス替えが憂鬱《ゆううつ》だった。最初の自己紹介では、徳順という独特の名前の響《ひび》きから、担任の教諭《きょうゆ》がこう尋《たず》ねる。「佐伯の家はお寺なのか」。クラスが毎回少しざわついた。小さなことだが、多感な10代がそんな目立ち方はしたくない。

友人たちは実現可能かどうかは別にして、将来の夢を思うがままに描《えが》く。医者でも、陶芸家《とうげいか》でも好きなように目指せる。でも、自分はいつか寺を継《つ》がないといけない。親もさも当然のように思っている。

とはいえ、他に何がやりたいというわけでもない。親に勧《すす》められるままに京都の仏教系の大学に進んだ。父も同じ大学出身。京都には何度も連れて行かれたことがあり、暮らしてみたい好きな街だった。

大学の授業には身が入らなかった。代わりに音楽に熱中した。友人の影響《えいきょう》で、レコードを手で回し、こすって音を出すターンテーブルや、人の声や街のざわめきなど、さまざまな音を録音して再現するサンプラーという機材を購入《こうにゅう》した。バンドにも誘《さそ》われた。当時はこういった機材を操《あやつ》るＤＪがいるミクスチャーロックのバンドが流行していた。

バンドを続けるうちに、クラブイベントにＤＪとしても呼ばれるようになった。自分で選曲し、切れ目なくつなぐ音楽に合わせ、若者たちが踊《おど》るのが面白かった。自身も企画《きかく》して、クラブイベントを仕切った。

まともに就職活動はしなかった。当時は就職氷河期で中途半端《ちゅうとはんぱ》な気持ちで臨《のぞ》んでも、思うようにいかないのは目に見えていた。ＤＪとして活動する時間も欲しかった。大学卒業後はアルバイト生活を送った。しかし、将来の見通しが立たないことに不安を覚えた。自分のクラブイベントにも次第にマンネリ感を抱《いだ》き始めた。

＊

結局、プログラミングスクールに入学し、ウェブサービスやアプリの開発を勉強した。学内コンクールで優勝した縁《えん》で、京都のベンチャー企業で働いた。創業間もない会社だったが、大手企業のサービスを請《う》け負《お》っていた。佐伯さんはファストフード店のウェブサービスの開発・運用を担当した。数千人単位で日に日に利用者が増えるのが確認できた。数字がダイナミックに動くのが快感だった。2010年、31歳《さい》で結婚《けっこん》した。実家には「10年したらお寺のことをやる」と告げた。自分なりの妥協《だきょう》だった。

順調に仕事が回っていた13年、父が大病して入院してしまった。代わりに法事に出ないといけない。「とうとう来たか」と思った。病床《びょうしょう》の父に、お経のイントネーションや儀式《ぎしき》の所作を尋《たず》ねた。経文はどうにか覚えているが、法話の経験などない。徹夜《てつや》で本を読み、ネットで検索《けんさく》し、なんとか形を整えた。それまで畑違《はたけちが》いの分野に情熱を注いでいた男が、どうやったら説得力のある言葉を伝えられるのかと不安だった。「逃《に》げ出したい」と思ったが、ただ一生懸命やった。父は入院から7カ月後に旅立った。

手探《てさぐ》りで寺の仕事を始めてみると、見え方が変わった。精いっぱい話した法話に、一人一人が耳を傾《かたむ》けてくれる。地元のお年寄りがかわいがってくれる。

インターネットの仕事では、利用者数は無機質な数字でしかなかった。向き合う人数は減るけれど、仏事で接する一人一人の背中には人生が見える。ぬくもりと縁を感じた。

一方で、痛感したのは若い世代の宗教離れだ。県内外の友人は実家が伝統仏教の檀《だん》家《か》であったとしても、宗派が浄土宗《じょうどしゅう》なのか浄土真宗《じょうどしんしゅう》なのかも分かっていない。宗教心のかけらもない。現代人と寺の間にできた見えない垣根《かきね》を取り払《はら》う必要があると思った。手始めに寺のホームページを作った。ウェブ関係の仕事をしてきた佐伯さんにはお手の物だった。

*

DJとしてイベントを切り盛りしていた佐伯さんには、企画力《きかくりょく》があった。16年の大みそかには「除夜の鐘《かね》」ならぬ「除夜のカレー」と銘打《めいう》ったイベントを開いた。かつての職場に、京都で人気がある家業のカレー屋を継いだ同僚《どうりょう》がいた。彼《かれ》の作る自慢《じまん》のカレーを境内《けいだい》で売った。「ダジャレみたいなイベント。年配の門徒さんに怒《おこ》られるかもしれない」と危惧《きぐ》したが、里帰りした孫を連れて遊びにきてくれた。用意した100食は2時間で売り切れた。

「除夜のカレー」は毎年恒例《こうれい》の行事になった。カレーの販売数《はんばいすう》も、イベントを手伝ってくれる人も増えた。岡本晃一《おかもとこういち》さん（41）＝魚津市＝もその一人。初回と第2回は客として行った。あたふたしている佐伯さんの様子を見て、人の手が足りていないことを察した。そこで「ご飯炊《た》きくらいならできますよ」と申し出た。門徒ではなかったが、離婚《りこん》や祖母の死を経験し、新たな人とのつながりを求めたい気持ちがあった。イベントを手伝っていると、他のスタッフとの交流が生まれる。地域の門徒に顔を覚えてもらえるのもうれしかった。「年末に子どもとカレーを食べた。ここに来るとそんなたわいない記憶《きおく》もよみがえる。お寺が自然と大切な場所になりました」と岡本さん。

昨年はコロナ禍《か》で「除夜のカレー」はできなかった。代わりに、毎年大みそかに放送される人気のバラエティー番組のタイトルにちなんで「絶対にしゃべってはいけない除夜の鐘」を企画した。参加者は静かに鐘の音を聞き、亡《な》くなった人への思いを手紙に書くなどして穏《おだ》やかに新年を迎《むか》えた。

こんな活動が奏功したのか、各地の公民館などで講話する機会が増えた。立山の山《さん》岳信仰《がくしんこう》を描き、代々続く「立山曼荼羅《まんだら》」の絵解きも人気だ。佐伯さんは今、住職の仕事に手応えを感じている。

寺に専念することも考えたが、自宅でもできるウェブ関係の仕事を続けている。寺の経営が楽ではないことも理由の一つだが、「資本主義社会や複雑な人間関係の中で悩《なや》みながら生活するからこそ、僧侶《そうりょ》にとって大切なものが分かるはず」と言う。

試行錯誤《しこうさくご》しながら、つながりを感じてもらえる寺を目指す。

（2021年3月1日掲載《けいさい》）

「除夜のカレー」はコロナ禍の影響《えいきょう》で2020年も21年の年末もできなかった。報恩講といったオーソドックスな法要の開催《かいさい》も簡単ではない。「イベントが封《ふう》じられて、地道にやるしかなかった」と佐伯さんは振り返る。

それでもTwitterでの発信は快調だ。2022年5月に「MAN WITH A MISSION」の曲を掲示板に取り上げた。それを仏教の教えと合わせて、Twitterで紹介したところ、バンドのメンバーが反応してくれた。「いいね」の数は3千を超《こ》えた。

佐伯さんはDJの活動に見切りをつけて、曲折を経て寺を継いだ。大好きだった音楽は別の形で人生を支えてくれている。

コロナ禍がもたらした数少ない前向きな変化は、高齢な門徒もオンラインの活動に慣れたことだ。「ZOOMを活用して、何かができそうな予感がある。これまでできなかった取り組みにも挑戦《ちょうせん》したい」。少子高齢化で門徒が減り、全国的に寺院の経営は厳しくなっているが、佐伯さんのユニークな取り組みは寺を身近に感じてもらうきっかけになりそう。

4

人生を包み込む服を

「らしさ」を表現するユニホーム

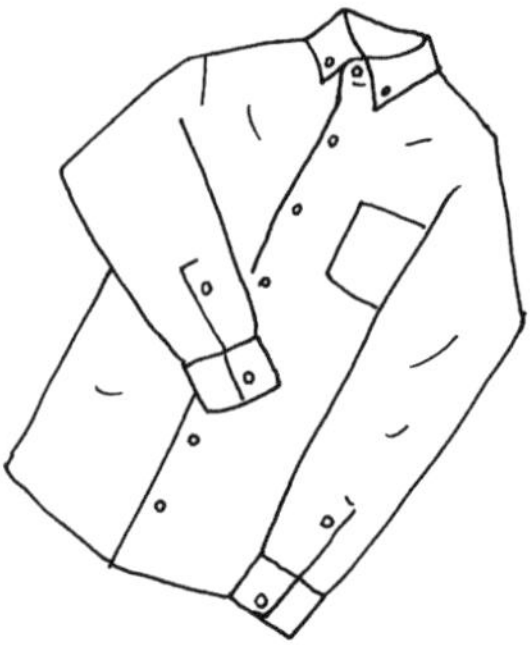

現実でも、おとぎ話でも、ドレスは着る人を祝福する。

シンデレラの絵本は、富山市の服飾《ふくしょく》デザイナー、川島真理子《かわしままりこ》さん（38）のお気に入りの一冊だった。つらい日常を抜《ぬ》け出し、華《はな》やかな舞踏会《ぶとうかい》で踊《おど》るシンデレラの物語に触《ふ》れ、幼い頃《ころ》の川島さんはお姫様《ひめさま》のドレスを作る人に憧《あこが》れた。「自分がお姫様になろうとしなかったのは、子どもながらに現実的ですよね」と笑う。

実際にデザイナーになり、ウエディングドレスも作るが、近ごろ主に手掛《てが》けるのはユニホーム。舞踏会ではなく、工場やオフィスでまとう。今はリゾート施設《しせつ》でスタッフが着るユニホームをデザインしている。

発注から納品までは半年以上。デザイン、サンプル制作、手直しなど、それぞれの作業に時間を要する。「カタログから選ぶようなものとはどうしても違《ちが》います。制作期間の長さに驚《おどろ》かれるけど、人の手で一針一針作るものなので」。発注者の意見は大切にする。でも自分の意見も言う。そのやりとりが楽しい。「シルエットはゆずれない。

市販《しはん》のものだと、どうしてもゆるくなる。どうせ自分がやるのならきれいに見せたい」。要望に応えつつも「らしさ」は残す。

＊

高校時代の放課後はたびたび、富山市の中心商店街で服屋をのぞいた。当時は個性的な店が多かった。欲《ほ》しいTシャツやニットのため、スーパーでアルバイトした。

何かを作る仕事をしたかった。興味があったのは建築か服。建物は集団を包む。服は1人を包む。服の方が自分らしい気がした。服飾の専門学校に進もうとしたが、親から「服なんかで食べていけるわけがない。富山にいてほしい」と止められた。仕方なく県内の大学に進んだ。しかし、諦《あきら》めきれずに東京の専門学校に行くことを1年かけて許してもらった。親には「大学の高い入学金を無駄《むだ》にして」とため息をつかれた。

東京の文化服装学院に入った。有名デザイナーを数多く輩出《はいしゅつ》した伝統ある専門学校だ。同級生たちはあか抜けていた。チェーンや安全ピンをシャツに飾《かざ》ったパンクファッションや、ハイブランドの服をうまく取り入れている。教室で周りを見渡《みわた》して「私はなんて個性が薄《うす》いのか」とたじろいだ。

服作りは奥深《おくぶか》く、知らないことばかりだった。表地と裏地の間に普段《ふだん》目にすることのない芯地《しんじ》があり、シルエットを支えている。シャツの一部分に過ぎない襟《えり》も山のように種類がある。学ぶことの全てが新鮮で、3年間みっちり勉強した。

卒業後はアルバイトして、自分で服を作って売ろうとぼんやり考えていた。しかし、同級生は必死に就職活動をしている。不安に駆《か》られて仕方なく追随《ついずい》した。有名ブランドのショップ店員の求人に興味を持った。販売員として頑張《がんば》ればデザインに関わる道も開けるかもしれないという期待があった。

グループ面接では「うちを落ちたらどうしますか」と聞かれた。他の志望者は「来年も挑戦《ちょうせん》します」と力強くも薄っぺらい熱意をアピールしていた。就職活動では何でも正直に言うこともない。しかし、川島さんは「自分のブランドを立ち上げます」と答えた。生意気さが買われたのか、採用された。

＊

東京・六本木《ろっぽんぎ》の新店舗《てんぽ》に配属された。そこに海外店舗の外国人スタッフが研修でやってきた。仕事の合間に話し掛《か》けてみると、ニューヨークの魅力《みりょく》を熱弁してくる。ファッションの道を志している限り、現地のブランドへの憧れは強くある。入社から1年ほどして退職し、ニューヨークの語学学校に短期留学した。その先の当てはなかったが、最先端の空気を吸いたかった。

半地下の薄暗いアパートで暮らした。生活に余裕《よゆう》はなく、一日に食べるのがアボカド一つという生活だった。クラスには、アジアから来た学生が多かった。韓国《かんこく》の学生がある日、日韓の歴史認識《にんしき》問題について質問を投げ掛けてきた。英語で相手の言わんとすることを理解しようとしたが、そもそも日本の近現代史について知らない。恥《は》ずかしかった。日本に戻《もど》ったら、日本のことを学ぼうと思った。まずは故郷の富山から。

帰国後、10代を過ごした街を歩いて驚いた。自分が富山を離《はな》れて数年しかたっていないのに、ずいぶんと様変わりしていた。好きだった店のほとんどがなくなっている。自分で故郷に貢献《こうけん》できるとすれば、服くらいだ。「東京にばかりブランドの拠点《きよてん》があるけれど、実際に服を作っているのは地方。富山で服をデザインしたっていい」

フリーマーケットに参加する傍《かたわ》ら、知り合いのつてをたどって、県内のガラス職人や鋳物《いもの》工場を訪ねた。自分の服に生かせる技術を見つけようとした。その間、結婚《けっこん》も出産も離婚《りこん》も経験した。先行きに不安になって涙《なみだ》を流す時、よちよち歩きの息子が涙を拭《ふ》いてくれた。「この子のために胸を張れる仕事をしないと」と思った。

2012年、28歳《さい》で自身のブランド「tufe《トゥフェ》」を立ち上げた。肌触《はだざわ》りがいい天然素材の生地を使い、女性の体のラインがきれいに見える服を作った。富山産の材料も用い、質のいいものを作っている自信はあった。

自分のブランドといっても、スタッフなどいない。服を詰《つ》め込《こ》んだスーツケースを車に載《の》せて、地方のセレクトショップに飛び込み営業した。無名のブランドが簡単に受け入れられるわけがない。「富山の服なんていらない」と断られることもあった。それでも、「若い人を応援《おうえん》してあげたい」と仕入れてくれる人がいた。

ファッションは変化のサイクルが早い。春夏と秋冬それぞれのシーズンに新しいアイテムを一定数用意しないといけない。しかし、売れなければ2カ月もしないうちにセールになる。必死に作ったものが、大切に扱《あつか》ってもらえないのは歯がゆかった。環《かん》境《きょう》問題にもつながる。

2015年。これからの方向性に迷っていたところ、地元の自動車販売会社からユニホームのデザインの依頼《いらい》が舞い込んだ。「地元で頑張っている人がいる」と川島さんに白羽《しらは》の矢が立った。受付のコンシェルジュが週末に着るセットアップを作ってほしいという。想定外の依頼だったが、頼《たの》まれたら挑戦してみたい。制服という制約の中で、シルエットと動きやすさの両立に苦心した。スカーフにタイヤの溝《みぞ》の模様を取り入れ、自動車販売会社らしさを演出した。

ユニホームは受注した分だけ作る。自分の発想だけに頼《たよ》らず、機能もデザインも相手の要望を取り入れる。流行に左右されず、長く着てもらえる。ファッション業界を取り巻く矛盾《むじゅん》や問題からは遠かった。さらに地元の企業《きぎょう》のことを知り、貢献できる。

他の企業からも依頼が続いた。木造建築用の金属製部品の開発・販売を手がける「ストローグ」（滑川市《なめりかわし》）からは、研究室のスタッフが着るロングジャケットの制作を頼まれた。川島さんは同社が得意とする工法をモチーフにしたステッチを取り入れた。社長の大倉憲峰《おおくらけんほう》さん（46）は「川島さんは生地を東海地方にまで探しにいくほど熱心に取り組んでくれた。うちのユニホームなのに着たいというお客さんもいる」と言う。

＊

レディースブランドとしての事業は5年で畳《たた》んだ。後悔《こうかい》はない。ユニホームでも自分らしいデザインをしている自信がある。去年小学校を卒業した息子の樹《たつき》さん（13）

のため、ジャケットとパンツのセットアップを作った。ファッションに興味はないようだが、「特別感がある」と喜んでくれた。今のユニホームの仕事についても、同じく「特別感がある」と照れくさそうに褒《ほ》めてくれる。

以前ウエディングドレスを作った女性から、割烹着《かっぽうぎ》の制作を依頼された。新しく始める飲食店で着るユニホームだ。川島さんは、誰《だれ》かの人生の節目節目で必要とされることがうれしい。「一度だけしか着ないドレスも、毎日着る割烹着も人生に寄《よ》り添《そ》うもの。本来服ってそういう存在ですよね」

絵本を手に憧れていた未来よりも、必要とされるデザインの幅《はば》は広がっている。

（2021年4月1日掲載《けいさい》）

厚生労働省が調査する「賃金構造基本統計調査による職種別平均賃金（時給換《かん》算《さん》）」によると、「ミシン縫製工《ほうせいこう》」の令和元年度の時給基準値は711円。各職種と比《ひ》較《かく》しても低い。グローバル経済の拡大とともに、縫製の担《にな》い手が国内から人件費の安い国になったことが原因だろう。日本の衣料品の多くも輸入に頼る。

川島さんが国内の縫製や染色の工場を訪れると、技術の確かさに驚かされるという。一方で、若い働き手が賃金の低さゆえに自分の仕事に誇《ほこ》りを持ちにくい状況《じょうきょう》にある。「このままでは日本でモノが作れなくなってしまう」と心配する。「せめてもの貢献」と川島さんは工賃の値下げ交渉《こうしょう》はしない。「うちのユニホームは高いと言われるのは苦しいけれど、現場にいる人たちに少しでも報いたい」と言う。川島さんの志がアパレル産業全体に広がるといい。

ここにルーツがある

町の歴史と文化の番人に

5

朝日町《あさひまち》の海岸にはヒスイが打ち上げられる。１００カ所を超《こ》える遺跡《いせき》の半数以上が縄文《じょうもん》時代のもの。縄文人たちもヒスイを拾っていたらしい。

出土品を間近で眺《なが》められるのが、埋蔵《まいぞう》文化財保存活用施設《しせつ》・まいぶんＫＡＮだ。学芸員の川端典子《かわばたのりこ》さん(47)は「縄文時代のこの辺はきっと栄えていたはず。海岸で拾ったヒスイをブランド化して全国に流通させたのですから」と語る。

川端さんは企画展《きかくてん》の準備を始める前には必ずノートを1冊用意する。並べる収蔵品のリスト、テーマに合わせて調べたこと、配置図を書き込《こ》む。収蔵品の写真も貼《は》り付ける。デジタルではなく、もっぱらアナログ派。「実際に自分の手で書き込む方が頭に入ります」。一つの企画展でノートに記す配置図は10案以上になることもある。

西陣織《にしじんおり》工場だった施設の建物は細長く、展示空間としては個性が強い。制約の中で土器や石器をどう見せるかは、学芸員の腕《うで》の見せどころになる。3月まで開かれていた企画展では、収納しやすく使い勝手のいい展示台を自分で設計した。展示台の足元には赤い実を付けた植物を置いた。無粋《ぶすい》な仕切りを使わずに展示品を守るためだ。施設の常連客、橘章子《たちばなたかこ》さん(72)は「いろいろな所に行くけど、まいぶんKANは古いものへの情熱を感じる。解説も分かりやすいんですよ」と話す。

展示に独特のセンスを見せる川端さんにとって朝日町は父の故郷だ。自身は神奈川で生まれ育ち、以前は東京で活躍《かつやく》するインテリアコーディネーターだった。

＊

10代は本の虫だった。外国文学が好きで、近所の書店に足繁《あししげ》く通った。花柄《はながら》の版画をモチーフにしたブックカバーを掛《か》けてくれる書店だった。そのカバーを付けた本から異国の空気を感じていた。お気に入りの一冊は、ドイツの考古学者シュリーマンの『古代への情熱』。トロイア戦争の物語を絵本で読んだ少年が、地下に古都が埋《う》もれていると信じ、発掘《はっくつ》しようとする自伝だ。川端さんも未知のものへの憧《あこが》れに共感した。

読書好きだったことから日本語教師になりたいとも、実家のリフォームをきっかけにインテリアコーディネーターになりたいとも思っていた。結局、親の勧《すす》めで大手企業の事務職に就職した。古い体質の企業で女性に任される仕事は限られていた。川端さんは定時に帰る生活よりも、やりがいを求めた。すぐに転職を意識し、インテリアコーディネーターを育てる学校に通った。資格を取ると退職届を書いた。

リフォームの現場監督《かんとく》や営業職を経て、衛生陶器《とうき》大手のTOTOでインテリアコーディネーターになった。しゃれたカーテンや家具を選ぶだけではない。キッチンや風《ふ》呂《ろ》など水回りの配管も含《ふく》めて提案する。1件につき、数十の案を用意した。扱《あつか》う商品や周辺知識をいつも勉強しないといけない。事務職時代とは違《ちが》うやりがいがあった。

＊

場数を踏《ふ》むと、現場を離《はな》れる管理職への昇進《しょうしん》を打診《だしん》された。しかし、部下を管理し数字とにらめっこするより、現場にいたかった。面倒《めんどう》な辞令に従うより、仕事をリセットしたい衝動《しょうどう》が湧《わ》いた。経験があるので同じ業界に復帰する自信はあった。２００８

年、35歳《さい》で退職した。

気分転換《てんかん》に訪れたのが朝日町の父の実家だった。毎日自転車で町内を散策した。4月下旬《げじゅん》に差し掛かり、舟川《ふなかわ》べりの桜が散り始めた時期だった。毎年盆暮《ぼんく》れには訪れていたが、春の富山は久しぶりだった。

身の振《ふ》り方は定まらないが、時間だけはあった。前年にオープンしたばかりのまいぶんKANに足を運んだ。展示されているいびつな形をした縄文土器を見て、ときめいた。「どんな人が作ったのか」「この模様の意味は？」と想像を膨《ふく》らませた。何よりも「ここに自分の先祖がいたかもしれない」と胸が躍《おど》った。スタッフと間違われたのか、近所の人に「今日もご苦労さま」とあいさつされるほど、毎日のように訪れた。

県内外の博物館も巡《めぐ》ったが、まいぶんKANほど面白くはなかった。「朝日町には自分のルーツがある。一つ一つの土器の背景にあるものが自分事」

頭をよぎったのが、アメリカの作家ウィリアム・サローヤンの小説『パパ・ユーアクレイジー』にあった一節だ。主人公に作家である父がこう語り掛けていた。「作家というものはこの世界に恋《こい》をしていなきゃならないんだ。さもなければ彼《かれ》は書くことができないんだ」。朝日町は思い出深い大好きな場所。作家ではないけれど、ここで何かしたかった。この場所なら愛せる。都会でお金を使って遊びたい年齢《ねんれい》は過ぎている。「海や山が身近にある暮らしも悪くない」と移住を決めた。

＊

まいぶんKANとの出合いから歴史を学ぼうと思った。「何かに役立つかも」と通信制の大学で学芸員の資格を取った。町役場の嘱託《しょくたく》職員や、インテリアコーディネーターとして働きながら、大学院の聴講生《ちょうこうせい》となり、考古学を学んだ。

知識を得れば生かしたくなる。知り合いの学芸員から文化庁の助成制度について教えてもらった。博物館に所属せずとも、実行委員会をつくれば、調査や企画展に必要な助成金を得られるという。町内会を巻き込んで実行委員会を立ち上げた。新参者の川端さんの一風変わったお願いを、住民たちは面白がってくれた。

調査したのは不動堂《ふどうどう》遺跡で出土した5500年前の土器に残る種子の痕《あと》「圧痕《あつこん》」だった。70人以上が調査に参加してくれた。エゴマやシソなどがこの地に暮らした縄文人の身近な植物だと分かった。近隣《きんりん》の遺跡の花粉調査から、当時の集落にはクリ林があったと推測した。調査結果を基に当時の不動堂の風景を絵で再現した。協力した考古学の復元画家、安芸早穂子《あきさほこ》さんは地元の猟師《りょうし》や農家の人を引き入れ、プロジェクトを進めた川端さんの姿が印象的だったという。「地元の人に助けてもらえるのは地域の風土と結び付いているから。考古学は合理的な科学だけれど、彼女のような土地の暮らしになじんだ生活者目線も必要なんです」

川端さんは実行委員会のメンバーとして、調査に関われれば満足だった。しかし、まいぶんKANで学芸員のポストに空きが出た。期待せずに応募《おうぼ》すると、実行委員会の取り組みも認められて採用された。

2016年に学芸員になると、まず施設の入り口付近に縄文期の野生植物を栽培《さいばい》する庭を自ら整備した。古代人も食べたエゴマや、編み物に使った繊維《せんい》植物のカラムシを育てる。実際に体験するからこそ分かることがあるという考えだった。

初めて企画したのは、町内の遺跡から発掘《はっくつ》されたヒスイの展示だった。幼少期の記《き》憶《おく》がきっかけになった。亡《な》くなった祖父がよく宮崎《みやざき》海岸で石を拾い、ヒスイも探していた。川端さんも休日には海で石を拾った。町を歩けば、古い石仏や石塔《せきとう》に出くわす。川端さんにとって朝日町は石の町でもあった。「遺跡の住人であった古代人たちがどんな気持ちで海を眺《なが》めたのか。石を拾っていたら分かる気がしました」

まいぶんKANは、学芸員が川端さん1人だけという小さな施設だ。企画展を準備しながら、土器の修復や洗浄《せんじょう》も全部1人でやる。それでも地域の博物館は一つだけ。歴史的なことなら何でも頼《たよ》られる。誰《だれ》かが亡くなり、珍《めず》しい遺品があれば持ち込まれることもある。価値がありそうなら大切に預かる。「将来にわたって町の財産になるか考える。町の文化と歴史の番人みたいなもの」

川端さんにとって町は、長い時間が積み重なる特別な場所だ。歴史の上に今がある。展示する土器や石器にはその不思議を伝える力がある。かつての自身も魅了《みりょう》された。だから、ここにいる。

（2021年5月1日掲載《けいさい》）

「朝日町の遺跡は一流なんです。レジェンド級」。川端さんは胸を張る。町内で確認されている遺跡は100以上。例えば、境《さかい》A遺跡から発見された縄文土器は、6千年以上にわたり縄文人が作ってきたものとされる。焦《こ》げた跡から食べ物を煮《に》た痕跡が見られ、当時の生活を知るヒントになる。

まいぶんKANに訪れるのは富山県外からの客が半数。川端さんの〝同業者〟も多いらしい。施設では、何千年前の土器や、100年前の民具を展示する。職場体験に訪れる地元の中学生には、博物館の学芸員の仕事についてこう教えるという。「過去だけでなく、未来のことも考える。やる価値のある仕事です」

6

花も草も空気も届け

大長谷《おおながたに》の山の植物屋さん

夏の足音が近づき、富山と岐阜の県境を通る山道は日に日に緑を濃《こ》くする。白木峰《しらきみね》のふもとにある富山市大長谷地区の道幅《みちはば》は狭《せま》い。大場《おおば》みゆきさん（45）は慎重《しんちょう》に運転する。何かに気付くと車から降りる。助手席にいた愛犬のダックスフントも後を追う。

「みんな意外と通り過ぎちゃうんですよね」。道路脇《わき》に生えた植物に歩み寄る。深い赤色の小さな花びらを3枚付けたエンレイソウがあった。群生している中から、ほんの少しだけ摘《つ》んでバケツにくんだ冷たい湧《わ》き水に浸《ひた》す。

車を運転していても、しゃべりながらでも花を見つける。「これはヒトリシズカ。摘んでもすぐにしおれちゃうから、ここでこのまま楽しみましょう」。山に咲《さ》く花は派手さはないが、凛《りん》としたたたずまいが美しい。日焼けした顔が白いブラシのような形をした花をうれしそうに眺《なが》める。

＊

大場さんは、ここで自生する草花を採り、富山や京都のまちなかにある花屋に届ける。名刺《めいし》には手書きで「山の植物屋さん」と記す。「珍《めずら》しい花を紹介《しょうかい》したいわけではないんです。山に普通《ふつう》にあるものや、私自身がきれいに感じるものを街の生活に提案したい。この空気も合わせて感じてもらいたい」。たくさん採って市場に卸《おろ》すことはしない。「来年もまた見たいですからね」

富山市内で花屋を営む菊伊宏美《きくいひろみ》さん（47）も、大場さんを頼《たよ》りにする。花だけでなく、自身でリースを制作するための材料となる野草も依頼《いらい》する。「みゆきさんがチョイスする野草や花からは、山の風景がそのまま見えてくる。すごくぜいたくなものを頂いている気になります」と信頼を寄せる。

大場さんは千葉県出身で、２０１６年から大長谷で夫や子ども3人と暮らしている。集落の人口は約50人。便利な場所ではない。市内中心部から車で1時間以上要する。コンビニも銀行もない。公共交通はコミュニティーバスが1日2回往復するだけ。家にテレビがないので、家族団らんは白いシーツをスクリーンにした映画鑑賞《かんしょう》だ。「自給自足しているんですか」とよく質問されるが、スーパーにもショッピングセンターにも行く。「コストコでお肉をまとめ買いして保存しています。大長谷らしいことといえば、そこに地元でもらった野菜や、その辺で採れた山菜が加わるくらい」と笑う。

生まれ育ったのは千葉県。国語と社会科が苦手だから、高校では理系コースを選んだ。やりたいことは特にない。資格が取りやすく、つぶしが利きそうだからと薬学部を志望した。地元の関東にでも入れる大学があったが、一度は親元を離《はな》れてみたかった。当時の富山医薬大薬学部に入った。

大学が力を入れて研究する和漢薬に強く関心を持った。化学合成した薬剤《やくざい》よりも、雑多な成分を含《ふく》んだ生薬を組み合わせた和漢薬の方が副作用が少なかったり、健康に寄与《きよ》することがある。生薬の中には、お香やスパイスの原料になるものが多いことも学んだ。「病院や薬局に行く前に、普段の生活でも健康を整えることは大切」と興味を持った。

大学院を出て、薬剤師の国家資格を取ったが、就職先は京都で歴史があるお香の製造販売《はんばい》会社を選んだ。同級生のほとんどは、製薬会社や薬局に入った。大場さんは「薬じゃなくても人を癒《い》やせることもある」と流されることはなかった。実家の親には、「せっかく資格があるのに」と理解してもらえなかった。

業務ではお香の原料となる植物の育成や原料の品質管理を担当した。伝統ある会社は社会貢献《こうけん》事業にも熱心だった。温暖化による積雪の減少や、狩猟者《しゅりょうしゃ》が減った影響《えいきょう》で、京都の里山でシカの獣害《じゅうがい》が広まっていた。四季を彩《いろど》る山野草を食べ尽《つ》くす勢いだった。そこで会社は京都府の絶滅《ぜつめつ》寸前種などに指定されているフジバカマやヒオウギを自生地の山で株分けし、専門家のアドバイスを受けながら保護育成していた。

通常業務で植物に触《ふ》れる機会が多かった大場さんが事業の主務者になった。育てた希少な植物は京都の寺や店舗《てんぽ》、企業《きぎょう》に配った。野趣《やしゅ》に富んだ花は喜ばれた。海外で植林活動をしたり、季節の花の撮影《さつえい》のため、一日の大半を山で過ごしたりもした。学生時代は山岳部《さんがくぶ》に所属し、アウトドアが大好きだった大場さんには天職だった。机に座《すわ》っているより、体を動かしている方がいい。植物に関する知識も増えて、社内で頼られた。

結婚《けっこん》して3人目の子どもを身ごもった頃《ころ》、心境に変化が芽生えた。人間の理解を超《こ》えた自然の尊さを伝える仕事をしているはずなのに、業務の効率を求められるのが苦しくなった。当時暮らしていたのは京都の中心部。2LDKの部屋の窓から京都駅前にある京都タワーが見えた。便利な場所だが、せせこましい。街と山を行き来する生活は、どこかちぐはぐな気がした。スキー関係の仕事をする夫の紳平《しんぺい》さん（48）は、冬には家をあけることが多かった。夫婦《ふうふ》で子育てができる環境《かんきょう》を求め、15年勤めた会社を辞《や》めた。自然の中で暮らすと決めた。

海外や長野などのさまざまな候補の中から選んだのが、夫が生まれ育ち、自身も学生生活を送った富山だった。夫の知人が大長谷に縁《えん》があり、土地勘《とちかん》があった。

現地を見に行くと、豊富な植物に驚《おどろ》いた。ブナの下に笹《ささ》が生《お》い茂《しげ》っていた。小ぶりな鉢植《はちう》えでしか見たことがなかった多年草が身長を越す勢いで自生していた。

京都で山の植物を扱《あつか》った経験から、普通の花屋には並んでいない野草の需要《じゆよう》があることは知っている。大長谷に残る自然はまちなかで暮らす人には新鮮《しんせん》だ。ここで育った草花を求める人がいると直感した。

大長谷は移住者が多く、大場さん一家はすんなり歓迎《かんげい》してもらえた。子どもが3人いたことで地域が活気づくと喜んでくれた。大場さんが野草を採取し、まちなかの人に楽しんでもらいたいというアイデアにも理解を示してくれた。

＊

大きく稼《かせ》げるわけではないが、大長谷の植物は個性派の花屋から引き合いがあった。

虫が食った葉の穴を「味がある」と面白がる人もいた。花を届ける活動を始めると、山の案内を頼まれるようになった。一緒《いっしょ》に大長谷を散策して、植物を解説する。野草の酵素《こうそ》ドリンクを作る教室も開く。大長谷で採れた食材を生かしたレストランを営む森恵美《もりめぐみ》さん（45）は、「みゆきちゃんが連れてくるお客さんは自然が好きな人が多い。お客さんがお客さんをまた呼んでくれる。すごくいい空気と循環《じゅんかん》が大長谷に生まれています」と言う。

＊

まちなかを離れた暮らしは不便なことは多いが、不満をことさらに強調するつもりはない。自然の中の暮らしは何物にも代え難《がた》い。「頑張《がんば》っていたら、お願いしなくても地域を応援《おうえん》してもらえると思っているんです」

大長谷での日々は天気次第《しだい》で変わる。雨が降れば、山のガイドは中止し、植物を採らない。代わりに家事や書類仕事をする。大場さんの客や取引き相手もそれで納得《なっとく》してくれている。

「雨が降ったら、『自分の時間ができた』と受け止めます。今はネットで注文したものが翌日に届くのが当たり前の時代。スピードアップしすぎた分、真逆の価値観も生まれている気がする。『晴れた日でいいですよ』と言ってもらえる」

自然任せの生活の中で、大場さんはおおらかになった。大長谷の自然が持つ癒《い》やしの力を体感している。


（２０２１年６月１日掲載《けいさい》）

大場さんによると、これまで大長谷に足を延《の》ばすのは、もともと自然が好きな人たちが多かった。しかし、コロナ禍《か》をきっかけに、今までの生活を見直す人が増えてきた。緑の中で心と体をケアしようとしている。世界を覆《おお》う漠然《ばくぜん》とした不安の中で生きる術を、喧騒《けんそう》から離れた大自然に求めている。

交通の便は悪いから、大長谷に行くのは少し大変だ。道幅が狭いから、自家用車で行くのも緊張《きんちょう》する。であれば、生花店やイベントなどで大長谷に咲《さ》く花を手に取ってほしい。大場さんがその自然の中で採ってくる花々は大きさも色も控《ひか》えめだ。品種改良を重ねて、色や形を変えられたり、花持ちが良くなったりしたものではない。人間の欲望を反映した「美の追求」からは遠い。だけど、それがいい。部屋に飾《かざ》っているとホッとする。大長谷の空気を感じる。

7

駄《だ》菓《が》子《し》に込《こ》めた願い

子どもたちでにぎわう場所に

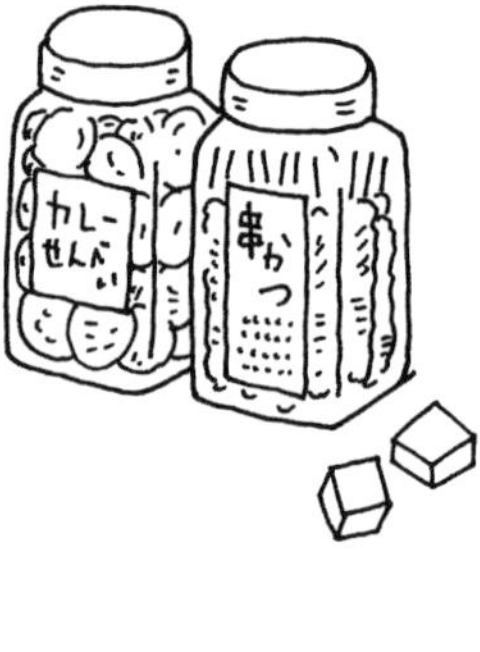

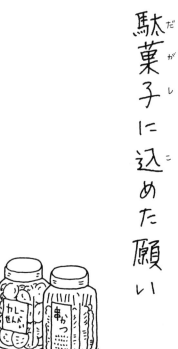

シャッターの下りた店が目立つ砺波市《となみし》のとなみ駅前商店街。午後2時すぎになると、近くのこども園から帰る親子連れが続々とやって来る。目当ての店は「あそぶ駄菓子《だがし》屋《や》さん」。新型コロナウイルスの感染《かんせん》予防のため、1度に店に入れるのは5人まで。店の外では子どもたちが小銭《こぜに》をぎゅっと握《にぎ》りしめて中に入る順番を待つ。

串《くし》に刺《さ》したカステラや粉末ジュース、ラムネ、スティックゼリーといったお菓子が並ぶ光景は、色のごった煮《に》のようだ。売れ筋は10～30円の価格帯。何十年も愛されている定番があれば、新顔もある。店にいるだけでも活気を感じる。

常連の44歳《さい》の女性は「今日は100円までね」と、四つの娘《むすめ》にかごを渡《わた》す。女の子は熱心に商品を見渡《みわた》し、アニメキャラクターの「プリキュア」が描《えが》かれたグミを手に取る。その様子を眺《なが》めながら、女性は「まずは娘が喜ぶし、親目線でいうと、子どもの計算の練習になるのがいい。土曜日には小学生のお姉ちゃんや夫とも一緒《いっしょ》に来ます。私も大好きなお店です」と話す。

店主の川越美子《かわごしよしこ》さん（68）が店を切り盛りする。頭にはカラフルな三角巾《さんかくきん》を着けている。「息子のお嫁《よめ》さんがくれたの」とお気に入りの様子だ。

店は遊び場でもある。誰《だれ》でも自由に使えるけん玉やコマ、漫画《まんが》がある。遊ぶことが子どもたちの成長につながるという川越さんの思いが込《こ》められている。店の外にはフラフープ。「小学生の頃《ころ》はダッコちゃん人形を持ちながら回せたんだけど、今じゃ全然ダメ。でもコマ回しはまだ上手」と笑う。

＊

川越さんは以前、県内の心身障害者の支援施設《しえんしせつ》に勤めていた。施設には障害がある子どもたちが暮らしていた。仕事は充実《じゅうじつ》していた。子どもたちといつも走り回った。洋服のたたみ方や、掃除《そうじ》など身の回りのことをちょっとずつ覚えていく姿を見るのが楽しみだった。

１９７９年に養護学校教育が義務制になると、施設の子どもたちは養護学校に通った。施設で暮らす子どもはいなくなり、大人の利用者ばかりになった。少し寂《さび》しかったが、それでも「誰かの役に立てる仕事」とやりがいを感じていた。

27歳で結婚《けっこん》し、砺波の夫の実家に入った。6人の子どもに恵《めぐ》まれた。休日には子どもたちを連れて、八尾《やつお》の実家に遊びに行った。毎回のように立ち寄ったのが、富山市八尾町東町《ひがしまち》の駄菓子屋「こどもや村井商店《むらいしょうてん》」。戦後間もなく開店した歴史のある店だった。

子どもが大きくなると、今度は孫を連れて行った。どの子もみんな楽しそうにしていた。川越さん自身も童心に返った。

店主の故村井コトさんに会うのが楽しみだった。90歳すぎのはずなのに、暗算でお釣《つ》りを渡してくれる。背筋がピンと伸《の》びている。孫たちに語り掛《か》ける言葉は優《やさ》しい。その姿に感心した。「あんな人になりたい」と思った。定年退職の日が近づくと、いつしか自身も駄菓子屋をやってみたいと思うようになった。

退職すると、しばらく義母の介護《かいご》に専念した。義母は社交的で明るい人だった。しかし、どんなに良い関係を築いていても、一日中介護していれば気詰《きづ》まりする。生活に息苦しさを覚えた。心に新鮮《しんせん》な風を吹き込むような張り合いが欲《ほ》しかった。

＊

自宅から近いとなみ駅前商店街は、移り住んだ時期に比べて人通りがまばらになっていた。川越さんは、擦《す》れ違《ちが》うのもやっとだった夕市の熱気が懐《なつ》かしかった。「ここに駄菓子屋さんがあったら、子どもが来るかな」。自分の店を持とうと心に決めた。

商工会議所の知り合いから、条件に合う店舗《てんぽ》を紹介《しょうかい》してもらえた。以前は美容院だったという。閉店後も地域のイベントに活用されていた物件で、状態は良かった。

63歳での挑戦《ちょうせん》の原資は自身の退職金だった。息子たちに相談すると「母さんのお金なんだから好きにしたらいい。長いこと働いてきたんだからいいじゃないか」と背中を押《お》してくれた。夫の勉《つとむ》さん（70）は当初反対していた。「駄菓子なんて売ってもたかが知れている。採算が取れないのは目に見えている。でも、執念《しゅうねん》に根負けしました」と笑う。

県内各地の駄菓子屋を訪ね、売れ筋の商品を調べた。大阪の問屋街を夫と訪ねたり、インターネットで取引先を探したりした。福祉《ふくし》に携《たずさ》わった経験から、施設の利用者や障害がある人が作った小物も積極的に取り扱《あつか》うことにした。「自分の作ったものが売れるとうれしいのはよく知っています。少しでも励《はげ》みになったらいい」

「あそぶ駄菓子屋さん」の名前は、南砺市《なんとし》出身の布絵作家、梅原麦子《うめはらむぎこ》さんの作品「遊ぶ」から着想を得た。子どもたちが楽しそうに木の枝にぶらさがっている絵だ。店頭にも飾《かざ》った。梅原さんに報告すると、喜んでくれた。「今の子どもはどうしても閉鎖《へいさ》的《てき》。自由に集まれる駄菓子屋のような場所があるのは大切なこと。地域の結び付きが弱くなった今、川越さんのような人がニコニコと子どもを見守っているのはいいことですよね」と梅原さん。

幸い、2016年の開店当初から店はにぎわった。営業日は週4日。義母がデイサービスを利用する日だった。店の切り盛りは大変だったが、施設で働いていた頃《ころ》のように生き生きとした。義母にも心に余裕《よゆう》を持って接することができるようになった。義母は2年前に旅立った。

商売には向いていないと思っていたが、いくつになっても人は成長できる。川越さんは当初覚えきれなかった商品の価格を頭に入れた。最初は遠慮《えんりょ》がちだったが、暴言を言ったり、他の客に迷惑《めいわく》を掛《か》けたりする子どもをしっかり叱《しか》れるようになった。

店は子どもたちにとって学校でも、家庭でもなく、思い思いに過ごせる第3の居場所になった。店頭で待ち合わせする子も、宿題する子も、漫画を読む子もいる。

川越さんが特に印象的だったのは、学校の帰りにいつも立ち寄ってくれた女子高生だ。2年前のある冬の日、「私が将来やりたいことと、親がやらせたいことが違う」とぽつりと話してくれた。寂《さび》しそうな表情にそれ以上、詳《くわ》しい話は聞けなかった。でも、店に来るたびに「頑張《がんば》ってね」と励ました。春になると「希望の大学に受かった。また遊びに来るね」と報告に来てくれた。その笑顔を見て「役に立てたのかもしれない。店をやっていてよかった」と思った。

＊

開店する際に「10年はやる」と決めた。今年で5年。折り返し地点にいる。経営は厳しい。黒字になったことは一度もない。毎月家賃分の4万円が赤字になる。さらに昨年から新型コロナウイルスの影響《えいきょう》で、地域の祭りやイベントが中止になり、売り上げは細っている。それでも「子どもたちといると、エネルギーをもらえる」と言う。

区切りとなる5年後には、73歳になる。「その時は車椅子《くるまいす》かな。いや、今の時代なら元気な人は多いか。だったら、もうちょっとやってみようって思っているかもしれない」。

6月末、店の前に笹飾《ささかざ》りを設置した。七夕が近づくと、店に来た人に短冊《たんざく》を書いてもらっている。風に揺《ゆ》られる色とりどりの願い事を眺《なが》めていると、気分が華《はな》やぐ。

（2021年7月1日掲載《けいさい》）

川越さんが好きな駄菓子はレモン味のイカ天だという。値段は一つ10円。川越さんが小さい時には存在しなかった〝新参者〟だけれど、お客さんに商品を説明するために試食するうちに気に入ったという。駄菓子の試食とは、ちょっとうらやましい仕事だ。

もちろん駄菓子屋の経営という仕事は楽しいことばかりではない。最近の物価高が川越さんの頭を悩《なや》ませる。薄利《はくり》多売《たばい》の商売には大きく響《ひび》いている。10円だったものが13円に、30円のものが40円に。どんどん上がっている。100円玉を握って「あれもこれも」と思っていた子どもたちは、これまで以上にシビアな選択《せんたく》が求められる。子どもの母親たちも「給料は上がらないのに物価ばかり上がる」と困惑しているという。駄菓子屋という存在が子どもたちにとって身近な存在であるためにも、値上げはほどほどにしてほしい。

8

アフリカの手《て》触《ざわ》りを

在野の研究者は元保育士

赤みを帯びた土の上で女の子がほほ笑む。その背後には巨木《きょぼく》のように大きな女性が立っている。

2018年に日本語訳が出版されたアフリカの絵本『アヤンダ　おおきくなりたくなかったおんなのこ』の表紙は、乾《かわ》いた大地ならではの強烈《きょうれつ》な光を宿した色彩《しきさい》を映す。読み進めれば、憂《うれ》いを帯びた不思議な味わいの物語が展開する。戦争で父を亡《な》くした少女が周囲の人を手伝ったり、命を助けたりするうちに家にも入れないほど体が大きくなるという物語。戦争でトラウマを負った子どもを表現した寓話《ぐうわ》だ。

フランス語の原著は2007年に出版された。西アフリカ・コートジボワールの女性作家、ヴェロニク・タジョさんが物語を書いた。1955年生まれで、詩も小説も書く児童文学作家だ。立山町《たてやままち》の村田《むらた》はるせさん（57）が翻訳《ほんやく》を手掛《てが》けた。「タジョさんは想像力を喚起《かんき》することに心をくだく。解決策を安易に論じず、現実を見る手助けをしてくれる」と話す。

19世紀から20世紀初頭にかけ、アフリカのほぼ全域が列強により強引に分割された。直線が多い不自然な国境は植民地時代に画定された。だから一つの国の中にさまざまな民族や宗教、背景を持った人たちが身を寄せ合う。植民地支配によるゆがみは独立後も色濃《いろこ》く残る。国家統一のためにやむなく旧宗主国の言語を公用語にし、内戦やクーデターは絶えない。

村田さんは在野の研究者として、アフリカに関する文献《ぶんけん》を翻訳し、富山で読書会を開く。「日本人がアフリカと聞いてイメージするのは、大自然と紛争《ふんそう》くらい。そこで生きている人たちの手触りを伝えたい」

＊

もともとは保育士で、東京の保育園に勤めていた。子どもは好きだったが、30歳《さい》を過ぎると仕事にマンネリ感を覚えた。青年海外協力隊に転機を期待した。保育の経験と趣味《しゅみ》で学んだフランス語が生かせる。ニジェールという国への派遣《はけん》が決まった。

初めて聞いた国名だった。フランスが旧宗主国で、地図を見ると海がなかった。西アフリカにあり、国土の8割をサハラ砂漠《さばく》が占《し》める。図書館でニジェールの本を探したが見当たらなかった。仕方なくアフリカの旅行記を読んだ。

1995年に赴任した。着任早々、トラブルは絶えなかった。まずマラリアに感染《かんせん》した。雇《やと》ったガードマンは頻繁《ひんぱん》に有給休暇《きゅうか》を取り、仕事らしい仕事をしてくれなかった。クーデターが起こり、勤務先の近くで銃声《じゅうせい》を聞いた。

アクシデントだらけの日々の中でも、現地の保育園での仕事は面白かった。日本の子どもは大人の目を常に意識するが、ニジェールは自由奔放《じゆうほんぽう》だった。園児からは「タンティ・ハルセ」と呼ばれた。フランス語で「はるせおばさん」という意味だった。

不思議に思ったことがあった。共に働くニジェール人の女性たちは会議で発言しようとしない。日本の保育士の感覚からすれば、理解できないことだった。

青年海外協力隊の施設《しせつ》の本棚《ほんだな》にあったアフリカの小説に触《ふ》れて分かった気がした。

アフリカの女性は、自分の考えを述べる機会を与《あた》えられていないのだ。離婚《りこん》も言い出せないほど、抑圧《よくあつ》されていた。個人の意思決定の背景には、文化や歴史が積み重なっている。手に取った本の言葉一つ一つに思い当たることがあった。個人の心情と社会的な痛みの複雑な絡《から》み合《あ》いを伝えるアフリカ文学の魅力《みりょく》を知った。

*

2年間の滞在《たいざい》を終えて、日本に戻《もど》った。青年海外協力隊関係の集まりで知り合った富山出身の男性との結婚を機に立山町に移り住んだ。アフリカ文学への関心は尽《つ》きず、35歳で富山大に社会人入学した。

アフリカ学会で出会った映画監督《かんとく》にタジョさんという存在を教えてもらった。アフリカでは90年代に旧宗主国からの〝輸入〟に頼《たよ》らず、日常と伝統に根差した児童文学を、現地で出版する動きが活発になった。その先頭にいるのがタジョさんだった。

本を手に取ると、短い言葉の中に重層的な表現が溶《と》け込《こ》んでいる。それが歴史と手をつないでいる。検索《けんさく》してみても情報はほとんどないが、偶然《ぐうぜん》メールアドレスを見つけた。感想と質問を送ったところ、タジョさんから丁寧《ていねい》な返事が届いた。

タジョさんとの出会いを契機《けいき》にコートジボワールやセネガルに渡《わた》り、絵本を集めた。日本人の感覚にはない鮮烈《せんれつ》な色彩《しきさい》や、自由な線に魅了された。卒業論文のテーマには、アフリカの児童文学を選んだ。

卒業を控《ひか》え「ここで終わるのは中途半端《ちゅうとはんぱ》」と思った。東京外語大の大学院に進んだ。博士論文が認定《にんてい》された時には47歳になっていた。その後、大学教員の公募《こうぼ》に挑戦《ちょうせん》したが、指導経験も若さもない村田さんには狭《せま》き門だった。アフリカ関係のNGOに採用されたが、家族を介護《かいご》することになり、結局働けなかった。

生活に張り合いが欲しくて富山市内のデッサン教室に通った。ある日、教室でアフリカ人のアーティストの絵画が紹介《しょうかい》された。作品中にフランス語で書かれた言葉があり、村田さんが解読した。それをきっかけに教室を主宰《しゅさい》する樋口裕重子《ひぐちゆちこ》さん（49）が村田さんの来歴を知り、アフリカに関する地域文化論の講座を富山で開くよう勧《すす》めてくれた。

教室ではアフリカの絵本を紹介し、文化や女性をめぐる状況《じょうきょう》について講義した。村田さんは学んだことを還元《かんげん》できるのがうれしかった。発言をあえて控《ひか》えて、受講生の意見を引き出す。その方がアフリカをより身近に感じてもらえる気がした。講座に出席する樋口さんは「想像力が刺激《しげき》される。自分もアフリカの誰《だれ》かとつながっている気になる」と話す。

村田さんはタジョさんと交流を続けながら、その作品を研究した。タジョさんは「彼女《かのじょ》の質問に答えるうちに私たちは友達になった」と言う。

日本でもアフリカを描《えが》いた絵本はあるが、アフリカ人以外の手によるものがほとんどだった。善意に満ちた内容でも、独自の歴史や感覚からは遠い。タジョさんの本を日本に送り出す意義はある。いくつもの出版社に掛け合った。出版にこぎ着けると、タジョさんから「粘《ねば》り強い努力の成果ですね」と言ってもらえた。その本が『アヤンダ』だった。研究機関に所属しなくても、在野でもやれることはあった。

＊

アフリカの絵本展も日本各地で開いている。大阪の会場に来たのが、京都で出版社を営む岡本千津《おかもとちづ》さん（57）。村田さんの言葉から他の人にはない知識やアフリカへの愛着を感じた。岡本さんは「この人を離《はな》してはいけない」と思った。

94年にアフリカ中部のルワンダであった大量虐殺《ぎゃくさつ》を題材にしたタジョさんの小説『神（イマーナ）の影《かげ》』の翻訳を依頼《いらい》した。突然《とつぜん》の暴力に混乱する人たちの心模様を表現するフランス語の文章は難解だった。村田さんは「絵画を翻訳しているようだった」と振《ふ》り返《かえ》る。タジョさんと何度もやり取りし、日本語に仕立てた。２０１９年に刊行した。岡本さんは「決して売れるタイプの本ではないけれど、読んでくれた人は良い本だと言ってくれる」と手応えを語る。

アフリカははるか彼方にある。しかし、おやつで口にするチョコレートも、パソコンに欠かせないレアメタルもアフリカから輸出されている。それらをめぐって争いや搾取《さくしゅ》が起こっている。アフリカの苦境と日本はつながっている。「人の意見を変えられなくても、一緒《いっしょ》に考えることはできる。私にできることは議論する材料を出し続けること」

村田さんは今、ルワンダに関する研究書を翻訳している。亡命ルワンダ人に聞き取りをしたカナダ人ジャーナリストによる著書だ。出版のあてはないが、毎日パソコンに向かっている。伝えるべきことがまだある。

（2021年8月1日掲載《けいさい》）

村田さんはタジョさんの東京での講演会を開こうと準備を進めている。タジョさんはアフリカの児童文学の魅力を教えてくれた存在。2021年秋には、フランスから芸術文化勲章《くんしょう》が授章された世界的な存在でもある。コロナ禍《か》で見通しが立たない部分があるが、自分たちの言葉で自分たちの物語を語る意味を伝えてもらうつもりだ。

アフリカの人口は急増している。30年後には世界の人口の4分の1を占《し》める。アフリカは人類発祥《はっしょう》の地。そこに複雑な歴史が積み重なって現在がある。アフリカを知ることは世界の今、そして過去と未来を知ることだ。

2022年11月現在、ロシアはウクライナへ軍事侵攻《しんこう》を続けている。ロシアの視線は隣国《りんごく》にだけ向いているわけではない。ロシアの民間軍事会社「ワグネル」はアフリカでも暗躍《あんやく》している。内戦状態にある国々に戦闘員《せんとういん》を送り込んでは、介入《かいにゅう》を強めている。大国や先進国の思惑《おもわく》や勢力争いで、アフリカの国々の未来が歪《ゆが》められている。

9

細胞《さいぼう》がここだと言った

陶芸家《とうげいか》 韓国《かんこく》から南砺《なんと》へ

ろくろは指先の感覚と経験が全て。一瞬《いっしゅん》で何もかもが決まる。陶芸家の金京徳《キムキョンドク》さん（50）＝南砺市細野《ほその》＝は水で光沢《こうたく》を帯びた土のかたまりを花のように開かせる。形を整えると、独自に配合した釉薬《ゆうやく》をかけて焼成する。県内のホテルから注文を受けた器の試作に取り組んでいるところだ。古い納屋を改装した工房《こうぼう》の壁《かべ》はハングルや数字で埋《う》め尽《つ》くされている。「アイデアが出たらなんでも直接書いちゃう。時間がもったいないでしょう。でももう書くところがないね」。マシンガンのような早口で話す。

工房の周囲では地元で採れた土を天日干ししている。「南砺の土はさわった瞬間にエネルギーを感じます。穏《おだ》やかで力強い。ここの人みたいだね」。ギャラリーに並ぶ皿や茶わんの風合いはさまざま。白磁や粉青沙器《ふんせいさき》といった韓国伝統の陶芸をベースにしながら、作風はノースタイルを貫《つらぬ》く。「その時に作りたいものを作るんです。〝らしさ〟を決める必要なんてない」と言い切る。

＊

少年時代を過ごした1980年代の韓国は空前のボクシング黄金期だった。世界王者を何人も誕生させていた。リングに立つことは、血気盛《けっきさか》んな少年の憧《あこが》れだった。中西部の港町で生まれ育った金さんもボクサーになりたかった。中学生になると、ジムに通った。

勉強は苦手だった。高校受験に失敗し、意中の学校に入れなかった。「行きたくもない学校に行くのは時間の無駄《むだ》」と、ソウルでプロボクサーを目指した。しかし、魂《たましい》を燃やすように汗《あせ》を流すジムの仲間たちに気後《きおく》れした。練習するほど才能のなさを自覚した。「自分はグローブをはめて、ただ体を鍛《きた》えているだけだった」

韓国は学歴社会だ。高校を卒業していない金さんの将来を家族は心配した。陶磁器の産地で働いていた六つ上の長兄が「一緒《いっしょ》にやろう」と誘《さそ》ってくれた。幼い頃《ころ》に父を亡《な》くしている金さんにとって、兄は父のような存在だった。尊敬はしているが、反発心もあった。しかし、兄は何度もソウルに来て説得してくれた。「努力すれば道が開ける世界だから」という言葉に最後は折れた。「今思えばよかった。あのままだったら道を踏《ふ》み外していたかもしれない」と振《ふ》り返る。殴《なぐ》り合う手は、土をこねる手になった。

＊

兄がいる工房に弟子入りした。当時の韓国の産地の多くは、分業体制を取っていた。ろくろ、絵付け、窯焚《かまだ》きと、それぞれの工程を専門の職人が担当する。特に重要視されるのがろくろで、技術さえ身に付ければ、引く手あまたの陶工になれた。金さんもろくろ師を目指した。

ボクサーになれず、もう後がないという意識が強かった。寝《ね》ても覚めてもろくろと向き合った。夢の中でも土に触《さわ》り、「こう作るか。どう作るか」と寝言を口にした。

5年ほどすると、さまざまな窯元から声がかかる売れっ子になった。20代前半で韓国の大学教授以上の稼《かせ》ぎになった。仕事が終わればナイトクラブに出かけ、酒を飲んだ。大金を使い、ギャンブルもやった。しかし、金を使って得られる享楽《きょうらく》はどこか虚《むな》しかった。「求めているものはこれじゃない。注文通りに作るだけの職人で終わりたくない。作りたいものを作る一流の陶芸家になりたい」。無駄な遊びはやめた。

1997年。依頼《いらい》を受けて、ある窯元を訪れた。そこに色白の美しい日本人女性がいた。金さんの妻となる小橋真由美《こばしまゆみ》さん（48）だった。日本の焼き物のルーツは朝鮮半島にある。その源流に触《ふ》れたいと、南砺市から韓国の陶芸を学びに来たという。

金さんはろくろの回転による遠心力を自由自在に操《あやつ》る。どんな大きさの器でも一息で成形してみせた。その技術に真由美さんは目を見張った。

金さんは熱心に質問を重ねる真由美さんに惹《ひ》かれた。1年間、辞書を引きながらのデートを重ねた。真由美さんの学生ビザが切れることをきっかけに2人は結婚《けっこん》した。アジア通貨危機で韓国の経済状況《じょうきょう》が目まぐるしく変わる時期だった。金さんは環境《かんきょう》を変えて陶芸をやり直そうと、妻の故郷である日本に移り住むことにした。あてがあったわけではない。自分の腕《うで》だけを信じた。

*

腕があっても日本に行けば、ただの26歳《さい》の若者だった。陶芸関係の仕事を探したが、ハローワークで紹介《しょうかい》されたのは安く大量生産する工場のような産地だった。自身の足であちこちの産地を巡《めぐ》り、福井県の越前焼《えちぜんやき》の窯元に行き着いた。その社長は金さんの腕前にほれ込《こ》み、「あなたほどの人は日本にほとんどいない」と言ってくれた。提示された月給は韓国時代の3分の1だったが、周囲の海と山が気に入った。「何もない。友達もいない。ここなら陶芸に打ち込める」。業務が終われば、自分に合った釉薬の作り方や窯焚きを研究した。「夫は日本に来てから自分の決意や思いを言葉にするようになった。出会ったころの夫は落ち着いていたけど、いつの間にかすごく大きな声になった。飼《か》い猫《ねこ》もびっくりするくらい」と真由美さん。

1年たって、自分の窯を構えることにした。妻の実家に移り住み、空き倉庫を借りて創作環境を整えた。生活のため、昼間は土建会社に勤め、重機を操縦した。カルチャー教室で講師を務め、陶芸を教えた。そして家に帰れば、作品制作に取り組むという生活だった。夜中まで新しい釉薬を試したり、南砺の土を韓国の粘土《ねんど》に混ぜたりして実験を繰《く》り返した。

生活の糧《かて》を得るための仕事と、自分がやるべき陶芸の間で悩《なや》んだ。作りたいのに思うように時間が割けない。陶芸を中断し、子どもを成人まで育ててから再開しようとも考えた。「でも、人生はいつ終わるか分からない。死んだら何も作れない」。稼ぐための仕事をやめ、韓国時代の蓄《たくわ》えを切《き》り崩《くず》しながら創作に専念する。お金の必要に迫《せま》られたら、陶芸以外の仕事もする。しばらく、そのサイクルを繰り返した。

2008年に南砺市細野の古民家を買い取り、自宅と工房を移転した。築100年以上の古い建物だったが、窓から見える景色は絶景だった。ほとんどを空と里山、田んぼが占《し》めていた。「陶芸家としての細胞がここだと言っていた」と笑う。
窯は「かささぎと虎《とら》」と名付けた。韓国では、かささぎは縁起《えんぎ》がいいとされている鳥で、朝に響かせる鳴き声は希望の象徴《しょうちょう》だ。虎は夜に不穏なものから守ってくれるという。いずれも古くから民衆に親しまれている。

お金を気にせず、陶芸に打ち込めるようになったのは、ここ数年のこと。特別なことはしていない。ただ好きなものを作ってきた。形も色も自分の思いつくまま。流行に流されることもなかった。それが認められた。

最近、最高傑作《けっさく》と思える作品ができた。南砺の土を焼き締《し》めた陶器と、韓国伝統の白磁を組み合わせたつぼだ。深い赤褐色《せきかっしょく》と透明《とうめい》感のある白色の対比が際立つ。日韓の歴史と自然が溶け合っている。

昨年、南砺市の大福寺住職でとなみ民藝《みんげい》協会長の太田浩史《おおたひろし》さん（65）から、50年に1度の大きな法要の記念品を依頼された。「金さんの焼き物は使ってこそ美しい。民芸の思想そのものです。韓国の伝統にのっとりながら、南砺の風土の中で地元の土を使い、自分の持ち味を出そうとしている」と太田さんは言う。

たくさんの陶芸家が富山にいるにもかかわらず、外国人の自分を選んでもらえたことが金さんの自信になった。

「ここだからできるものがある。窯から自分が思う以上の作品が出てきたら、空を飛んでいるような気分。もう中毒ですよ」。日本で、南砺で作るのが楽しくて仕方ない。

（2021年9月1日掲載《けいさい》）

どんな取材相手だろうと、会う前には緊張《きんちょう》してしまう。金さんは韓国出身の陶芸家。神経質な人だったらどうしよう。今、運転中に聴《き》いているBTSについて話したら喜んでくれるだろうか。

初めて会う日、陶房へ向かう車の中であれこれ考えていた。しかし、そんな必要はなかった。金さんは温かく作業場に迎《むか》え入れてくれて、大きな声でどんどん来し方を話してくれた。「いろいろなものを作りたいし、家族も元気だし。ハッピーハッピーだよ」と笑っていたのが印象的だった。

作品だけでなく、そんな人柄《ひとがら》も愛されているのだろう。金さんの仕事は順調なようだ。富山県内の飲食店が料理や空間の雰囲気《ふんいき》に合った器の制作を依頼している。近い将来には故郷の韓国でも窯を開き、富山と行き来しながら創作しようとしている。さらに、ニューヨークでの個展開催《かいさい》も計画している。世界中の空気を吸いながら、金さんは新しい器を生み出すのだろう。

10

サプライズの写真集

陶芸家《とうげいか》に魅《み》せられたカメラマン

「アマチュアカメラマン」と呼ばれると、山崎諭《やまざきさとし》さん（65）＝富山市＝はカチンと来る。「腰《こし》が違《ちが》うんですよ。精神の入れ方が違う。撮影《さつえい》する時は自分の生死なんて関係ないと思っているから」。どこに出掛《でか》けるにも愛機のニコンZ6を携《たずさ》える。すぐに気になったものや空間にレンズを向ける。

写真で身を立てているわけでも、由緒《ゆいしょ》あるコンクールで受賞したわけでもない。しかし、自身の写真集はある。この4月に写真集『岩井窯《いわいがま》』を刊行した。モノクロの写真で構成したA4変形判の112ページの一冊だ。陶芸家の山本教行《やまもとのりゆき》さん（73）＝鳥取県＝とその家族の姿、創作の現場を切り取った。陶芸作品よりも、陶芸家の周りに漂《ただよ》う空気そのものを映し出したような写真は、どこか懐《なつ》かしさと親しみを感じさせる。

写真はライフワークだが、映画にも愛情を注ぐ。9月の最初の土曜日には、ミニシアターで四つの作品を見た。「見逃《みのが》した作品が実は名作だったら取り返しがつかない。見たいのは全部見ないとね」

富山市中心商店街の映画館に毎週のように行くため、界隈《かいわい》ではちょっとした有名人だ。顔見知りの店主やスタッフの写真をいつの間にか撮《と》って、「ありがた迷惑《めいわく》かもしれないけれど」とプリントして届ける。そして映画談義に花を咲《さ》かせる。

＊

高校卒業後、地元の工場に勤めた。しかし、職場ではどこか浮《う》いた存在だった。同僚《どうりょう》たちと交わす会話が憂鬱《ゆううつ》だった。話題のほとんどはパチンコと車の話ばかり。幼い頃《ころ》にファンタジー映画の『メリー・ポピンズ』に胸を躍《おど》らせて以来、スクリーンに投影される物語に夢中になってきたが、誰も興味がなさそうだった。どうにも居心地が悪かった。もっと黒澤明《くろさわあきら》の劇的な映像表現について意見をぶつけ合いたかった。ドキュメンタリーの定義について語り合いたかった。結局、2年で会社を辞めて上京した。

20歳《さい》で映画学校に入った。鈴木清順《すずきせいじゅん》ら映画の第一線で活躍《かつやく》する人たちが講師を務めていた。山崎さんも授業で短編映画を撮影した。しかし、憧《あこが》れた映画業界はテレビの隆盛《りゅうせい》に押《お》されて、斜陽《しゃよう》の時代を迎《むか》えていた。映画業界での就職を模索《もさく》したが、難しかった。仕方なく親戚《しんせき》の縁《えん》で銀座のカメラ店に勤めることになった。

店ではカメラメーカーから送られたデモ機や、修理のために預かったカメラは自由に使えた。山崎さんも店のカメラをいじっていたが、どうも写真には苦手意識があった。美意識が高いせいか、若さのせいか、写真は一枚の中にドラマが凝縮《ぎょうしゅく》されるべきという思い込《こ》みがあった。それは才能ある人に許された魔法《まほう》に見えた。

ある日、その魔法が使えた気がした。銀座の歩行者天国で風船を手にした幼児が母親と歩いていた。愛らしい顔が母親を見上げた瞬間《しゅんかん》、たまたま手にしていたカメラのシャッターを切った。現像してみると、親子の信頼《しんらい》関係や愛情が詰《つ》まっている。「自分にも撮れる」とカメラの深みにはまった。機材に給料を費《つい》やし始めた。

30歳になると、富山の実家が気になり出し、東京の暮らしを畳《たた》んだ。金属関係の会社に転職し、重機のオペレーターになった。休日には、カメラを構えるか、映画を見るかという時間を重ねた。

10代の頃にはつまらなく思えた富山の街も足繁《あししげ》く通うと、興味深い人たちがいる。まちなかでイベントがあれば、写真撮影を依頼されるようになった。頼まれなくても撮った。お金をもらって撮影するのも、コンペに応募《おうぼ》して主観で優劣《ゆうれつ》を決められるのも嫌《いや》だった。ただ純粋《じゅんすい》に撮れればよかった。

*

陶芸家の山本さんと出会ったのは2016年、総曲輪《そうがわ》の民芸ショップだった。2年に1度、作品展があった。気になる作品を見つけた。瑠璃色《るりいろ》のコーヒーカップがすっと手になじむ。紫《むらさき》がかった奥行《おくゆ》きのある青さに魅せられた。どんな人が作っているのかと興味を持った。聞けば鳥取に窯を構えているという。

鳥取は憧れの写真家、植田正治《うえだしょうじ》の出身地。植田は作り込んだドラマチックな写真を撮った巨匠《きょしょう》だった。その功績をたたえるミュージアムがあり、旅行で足を運んだついでに、山本さんが主宰《しゅさい》する岩井窯を訪ねた。

山本さんは日本の民藝《みんげい》運動に影響《えいきょう》を与《あた》えたバーナード・リーチに出会い、陶芸家を志した人物。山と田園に囲まれた空間は、素朴《そぼく》さと民藝の思想が趣味よく溶け合っていた。壁《かべ》に立て掛《か》けられた掃除《そうじ》道具や、床《ゆか》に転がる軍手にすら味わいがあった。どこをどう切り取っても、絵になりそうだった。撮るしかなかった。

山本さんとも話す機会があった。1時間ほど一緒《いっしょ》にコーヒーを飲んだが、映画や写真家の話ばかりに終始した。目の前にいるのに、緊張《きんちょう》して撮影したいと言い出せなかった。後日、改めて撮影をお願いすると、「いちいちポーズを取る気はない。あと作業の邪魔《じゃま》しないならいいよ」と承知してもらった。

それから5年間、15回以上通った。富山から鳥取までは遠い。500キロ近い道のりは車で7時間程度。仕事が終わると、そのまま高速道路を走り、鳥取で車中泊《しゃちゅうはく》して朝を待つ。そして出勤する山本さんやスタッフを出迎えた。

普段《ふだん》の山本さんは好々爺《こうこうや》だが、いざろくろの前に座《すわ》ると顔つきが変わった。ファインダー越《ご》しに真剣《しんけん》なまなざしを見つめた。「どれだけシャッターを切っても、いつも撮り切れていない気になる。人も場所も奥が深いんです」。通うたびに前回撮った写真を山本さんにプレゼントした。そしてまた撮った。

自身が写った写真を見て、山本さんは思った。「サプライズで写真集を作ったら面白いかもしれない」。身銭《みぜに》を切ることになるが、富山からわざわざ来る無名の写真家の作品が好きだった。「いつ撮られたか分からない写真ばかりで、まさにドキュメンタリー。いつの間にか僕《ぼく》はあの人にはノーガードになっていた」。親交が深いカメラマンには有名な人も、実績がある人もいるが、「岩井窯の空気を撮った写真は彼《かれ》だけのもの。知名度とか、受賞歴とか関係ない」

以前から付き合いのある富山のデザイナー、高森崇史《たかもりたかし》さん（37）が鳥取に遊びに来た時に、山崎さんが撮った千枚以上の写真をすべて託《たく》した。「ここから好きなの選んで写真集にしてよ」とだけ言った。

高森さんは大量の写真を一点一点チェックし、「宝物を拾うイメージ」で写真を選んだ。「山崎さんの写真は奇《き》をてらっていない。おしゃれにしようという作為《さくい》がない。人柄《ひとがら》でしょうね。それを生かそうと思った」

当初は内緒で本を作る予定だったが、作業の工程上、画像の元データが必要だった。さらに著作権に配慮《はいりょ》すれば、撮影者本人の許可もいる。結局、山本さんが鳥取から電話で山崎さんに伝えた。山崎さんは「本当ですか」と静かに喜んだ。

できあがった写真集はずっしりと重たかった。黒の濃淡《のうたん》だけで表現された一冊は自分の感じた岩井窯が完全に再現されている。「僕の写真の力なんてほんの少し。デザイナーや印刷会社、あと岩井窯のおかげです」と山崎さん。

写真集刊行を記念したトークショーは盛況《せいきょう》だった。写真展も開いた。会場で販売《はんばい》した写真集には、慣れないサインと共に「光影戯《たわむ》れて愉《たの》しき哉《かな》」と書いた。

＊

自分の写真集を作るのは一生で一度切りの幸運だと思っている。次に「もしも」があったら、総曲輪のコーヒーショップの一家を主役にした写真集を作りたい。若い頃は寂《さび》しく感じた富山の街も、最近は気に入っている。カメラを抱《かか》えて、ワクワクしながら出掛ける。

（2021年10月1日掲載《けいさい》）

山崎さんは相変わらず鳥取の岩井窯に通っている。写真集を作れたのは一生に一度の幸運だと思っていたが、2冊目の刊行を計画している。今度の写真集は陶芸家の山本さんの手の写真だけで構成したいという。「山本さんの手はとても大きい。そんな大きい手でどうしてこんなに繊細《せんさい》な陶芸作品が生まれるのか」。どれだけレンズを向けていても飽《あ》きないという。

資金は退職金。「モノを作るのにお金や時間を惜《お》しんでいてはダメなんですよ」と言う。この情熱に勇気づけられる。モノクロの写真で表現される陶芸家の手は、どんな空気をまとっているのだろう。写真集の完成が楽しみだ。

11

春樹《はるき》ファンが作る宿

コロナ禍《か》の砂嵐《すなあらし》の中で

雑誌『ブルータス』は10月、2号連続で作家の村上春樹《むらかみはるき》さんを特集した。『ブルータス』は毎回ファッションや映画などジャンルを問わず、ひねりを効かせた特集を組む。同じ作家を2号連続で取り上げるのは異例だ。村上さんの熱心なファンは「ハルキスト」と呼ばれるが、本人たちは作家の要請《ようせい》に応じ「村上主義者」を名乗るらしい。雑誌は当然、村上主義者の間で話題になった。

富山駅北口から徒歩5分の距離《きょり》にあるゲストハウス「いるかホステル」を運営する荒木《あらき》まどかさん（32）も村上主義者だ。『ブルータス』を手に、「情報量がすごい特集でした。ファンとしては全著作を網羅《もうら》した年表が特にありがたかった」と言う。荒木さんのゲストハウスには、村上さんに関係する本だけで500冊近く並ぶ棚《たな》がある。年表はその整理にも役立つ。

ノーベル賞受賞者の発表時期になると、荒木さんの心が少しざわつく。メディアが村上さんの受賞の可能性をめぐって騒《さわ》ぐのは秋の風物詩だが、「もらってももらわなくても、どっちでもいい。すごい作家なのはみんな知っているんだから」と熱を込《こ》める。

ゲストハウスは相部屋が基本の簡易な宿。他人と空間を共有するからこそ生まれる出会いと、割安な宿泊料《しゅくはくりょう》が魅力《みりょく》だ。「いるかホステル」は村上作品に限らず、本や漫《まん》画《が》を豊富に備えているのも楽しい。

富山駅から近いという立地もあって、山小屋のスタッフが下山した際に利用することが多い。湯沢孝介《ゆざわこうすけ》さん（29）＝埼玉県＝もしばしば泊《と》まる。「オーナーの明るい人《ひと》柄《がら》に、ほっとするんですよ。最近は登山も始めたみたいで話も合います」と話す。荒木さんは昨年登山を始めたばかりの初心者。コロナ禍で山に登る時間ができた。

＊

富山市の実家は本であふれていた。父と母、兄、姉、妹、そして荒木さんそれぞれのための本棚があった。『ハリー・ポッター』シリーズを卒業し、手にしたのが村上さんの小説だった。村上さんならではの独特の比喩《ひゆ》に惹《ひ》かれた。お気に入りは『海辺のカフカ』の一節だ。

〈ある場合には運命っていうのは、絶えまなく進行方向を変える局地的な砂嵐に似ている。君はそれを避《さ》けようと足どりを変える。そうすると、嵐も君にあわせるように足どりを変える。（中略）そいつはつまり、君自身のことなんだ。君の中にあるなにかなんだ〉

その砂嵐をくぐり抜《ぬ》けると、新しい自分になるという。何度も読み返した。困難にぶつかった時に支えてくれる言葉になった。「言葉って、言えば言うほど気持ちとずれる。でも、春樹はピタリと表現してくれる」

研究者になりたくて、理系の大学に進んだ。しかし、それほど勉強熱心ではなかった。大学では染色を専攻《せんこう》し、「緩《ゆる》い」と評判の研究室に入った。将来もぼんやりとしていた。人混みが嫌《きら》いで、就職は田舎でしようとだけ決めていた。漠然《ばくぜん》と東北で働きたかった。しかし、就職活動の矢先に東日本大震災《だいしんさい》が起きた。志望していた東北の企《き》業《ぎょう》は採用活動を中止した。最終的に縁《えん》があったのは富山県内に研究拠点《きょてん》を置く企業だった。

初めての社会人生活は海外赴任《ふにん》する経験を得られ、十分充実《じゅうじつ》していた。しかし、研究者として花を咲《さ》かせる自信を持てなかった。優秀な人はたくさんいる。頑張《がんば》っても「そこそこの存在」で終わる気がしていた。それに、やらされている仕事に意味が見出《みいだ》せなかった。

気晴らしは旅行だった。台湾《たいわん》旅行で初めてゲストハウスを体験した。見知らぬ他人と同じ部屋で寝ることに抵抗《ていこう》があったが、思いのほか面白かった。宿で意気投合した人たちと計画も立てずに街を巡《めぐ》る。気になったビルに入ってみたり、スーパーをのぞいたりする。予想外の出来事が起こる。旅行とは観光地の写真を撮《と》ることだと思っていたが、偶然《ぐうぜん》生まれた交流が意識を変えてくれた。見知らぬ街の片隅《かたすみ》の光景が、既成《きせい》の観光コースにはない特別なものになり得る。快適なホテルに泊まっていたら知らなかったかもしれない。「出会いを提供する側になりたい」という思いに駆《か》られるようになった。入社5年で退社し、安定した生活を捨てた。

当時は政府がインバウンドの観光促進《そくしん》に力を入れていた。政策に合わせて、手頃な料金で利用でき、外国人に人気のゲストハウスの設立が相次いだ。ノウハウも広く共有されていた。ホテルや旅館のような整った設備も、調理スタッフもいらない。清潔なベッドさえ提供できればいい。

「いるかホステル」という名前は『羊をめぐる冒険《ぼうけん》』や『ダンス・ダンス・ダンス』などの村上作品に登場する「いるかホテル」をもじった。さらにファンならではのサービスを用意した。村上さんの小説は世界各国で翻訳《ほんやく》されている。翻訳本を寄贈《きぞう》すれば、無料で1泊できることにした。

2018年のオープン以来、経営は順調だった。繁忙期《はんぼうき》は洗濯《せんたく》と清掃《せいそう》に明け暮れた。休みもない。ただ、やりがいはあった。会社員の頃とは異なり一つ一つの仕事に意味があると感じられた。ほとんど参考にされない資料作りも、形式張った会議もない。フランス語や中国語の村上作品も集まった。

＊

にぎわいに変化が訪れたのは、2020年の3月頃《ごろ》。東京五輪の開催《かいさい》が危《あや》ぶまれ、マスク不足が続いた。海外からの予約はキャンセルされた。東京などで初めて緊急《きんきゅう》事態宣言が出された4月から2カ月間、休業を余儀《よぎ》なくされた。本来なら残雪の山を求める旅行客が訪れるはずだった。1年で最も売り上げがある書き入れ時だった。ストレスからか、全身にじんましんが出た。

客が来ない分、時間はあった。「閉じこもっていてもダメ」と登山を始めた。ゲストハウスにはしばしば山好きが泊まっており、関心はあった。実際に登ってみると、宿にテントを乾《かわ》かすスペースや、登山靴《とざんぐつ》の代わりに履《は》くサンダルがあれば便利だと分かった。自分の目で見た自然の魅力を自分の言葉で伝えられるようにもなった。

その年の10月、村上さんを特集したラジオ番組に「自分のゲストハウスに春樹さんの作品を集めた図書室を作りたい」と投稿《とうこう》した。開業以来、いつか実現したいと思っていた夢だった。メッセージは読み上げられ、村上さん直筆で宛名《あてな》付きのサイン本が番組からプレゼントされた。

それだけでも望外の喜びなのに、ラジオを聞いた青森の男性から「家を処分するから」と村上さん関連の書籍《しょせき》が250冊近く贈《おく》られた。ハードカバーの初版本や、手に入れにくい雑誌もあった。別のリスナーからは、ギリシャ語やドイツ語に翻訳された村上さんの本が届いた。「春樹がいたから生まれた縁。たくさんの人が来てくれる宿にしないと」と気持ちを新たにした。

客室を一つつぶし、仲間と「春樹部屋」を作った。村上さんの本だけを並べる夢の図書室だ。美術家の若木《わかき》くるみさん（35）＝京都府＝も協力した。若木さんはオープン当初からの常連客。いつしか意気投合して友人になった。「荒木さんは『好き』の情熱がすごい。コロナでも『ただでは起きないぞ』という根性も感じた。関西人じゃないけど、『負けへんで』っていう気持ち」。2人はアイデアを出し合い、テーブルやティッシュケースを村上作品の細部を意識したデザインに仕上げた。ファンが見たらニヤリとしてしまうしつらえになった。

コロナの感染状況《かんせんじょうきょう》は落ち着いたが、経営は厳しいまま。荒木さんは自転車で食品配達するUber Eatsの副業を始めた。自家用車は売却《ばいきゃく》した。

仕事に限らず、人生は起伏《きふく》に富む。開業後すぐに結婚《けっこん》した夫とは、最近別れた。「順調なだけだと、面白くないでしょう?」。砂嵐の中で人生が激しく動いている。

本を贈ってくれた人たちとは文通を続けている。コロナが収束したら遊びに来てもらう約束がある。

(2021年11月1日掲載《けいさい》)

村上春樹さんの話題は尽《つ》きない。2022年、第94回米アカデミー賞国際長編映画賞に濱口 竜 介監督《はまぐちりゅうすけかんとく》の映画『ドライブ・マイ・カー』が輝《かがや》いた。その原作となったのは、村上さんの同名の短編だ。村上さんはこの年、フィッツジェラルドの未完の遺作『最後の大君』も翻訳した。

しかし、荒木さんのような「ハルキスト」が待ち望むのは、本人の新作長編だ。「翻訳もいいんですよ。いいんですけどね。ファンとしてはやっぱり本人の作品がいい」と期待する。春樹部屋の本棚に早く並べたいという。

コロナ禍で鈍《にぶ》った客足は戻《もど》りつつある。多くが登山客で、荒木さんが少しずつ培《つちか》っている山の知識も役立っている。とはいえ、まだ経営は本調子ではなく、バイトもやめられない。順風満帆《じゅんぷうまんぱん》ではないが、会社員の頃には感じなかったやりがいがある。「あとは猫がいれば完成」とのこと。春樹ファンの人はぜひ足を延《の》ばしてほしい。

12

レトロ自販機《じはんき》残したい

ひと味違《ちが》うハンバーガー

マクドナルドが東京・銀座に日本1号店を開いたのは1971年。ちょうど半世紀前だ。当時はハンバーガーを頬張《ほおば》って歩くのが流行の最先端だった。時代を象徴《しょうちょう》するおしゃれな食べ物は、すっかり全国に浸透《しんとう》した。国道沿いでは、さまざまなチェーン店で安心の味が楽しめる。庶民《しょみん》の味になったからこそ、選び抜《ぬ》いた食材で差別化を図った高級店も登場した。ハンバーガーの裾野《すその》は広くて深い。

その中でも異彩《いさい》を放つのが自動販売機のハンバーガーだろう。武骨な機械に数百円を入れて、1分ほど待てばゴトンと取り出し口に現れる。やけどしそうなくらい熱々のハンバーガーは、チェーン店のものとも、高級店のものとも違《ちが》う味わいがある。

北陸で唯一《ゆいいつ》ハンバーガーの自販機を置いているのが、黒部市《くろべし》のフリースペースで、地元のNPO法人が運営する「自由空間かって屋」だ。自販機はいつも稼働《かどう》しているわけではなく、毎月1、2回だけ電源が入れられる。この自販機を所有し、ハンバーガーを販売しているのが、同市の嵯峨拓也《さがたくや》さん（31）。11月上旬《じょうじゅん》の販売日には、続々と訪れる客のため、ハンバーガーを補充《ほじゅう》したり、両替《りょうが》えしたりと忙《いそが》しそうにしていた。

昼過ぎには用意した50個が売り切れた。「プロではないから、仕入れは難しいですね。なかなか売れ行きを予想できないんです」と笑う。嵯峨さんは会社員生活の傍《かたわ》ら、30年以上前に造られた自販機の〝世話〟をする。古い機械は何かと手間がかかる。

熱心なファンは遠方からでも訪れる。この日は香川県から来客があった。会社員の下平浩司《しもだいらこうじ》さん（58）は車中泊《しゃちゅうはく》をしながら、黒部までやって来た。「全国のどこかでレトロ自販機が新しく稼働したら食べに行くのが『宿題』なんですよ。ここのはおいしいですね。ゴマが効いている。前の店のよりもおいしいんじゃないですかね」

前の店とは、この自販機が以前設置されていた店だ。故障して動かなくなっていた自販機を、嵯峨さんは譲《ゆず》り受けた。

＊

ハンバーガーのような食べ物を扱《あつか》う自販機は今、「レトロ自販機」と呼ばれる。登場したのは1970年代頃《ごろ》。温かい食べ物がいつでも口にできるとあって、国道沿いのドライブインやスポーツ施設《しせつ》、駅の待合室などで重宝された。しかし、コンビニや深夜営業のファミリーレストランが当たり前になると、徐々《じょじょ》に活躍《かつやく》の場を失っていった。一方で、時代の波に反発するように、昭和の香りと哀愁《あいしゅう》を漂《ただよ》わせる機械は、レトロ自販機として再注目され始めた。

嵯峨さんが初めてレトロ自販機に出会ったのは小学生の頃だった。母親と東京に高速バスで旅行していた。途中《とちゅう》の休憩《きゅうけい》で立ち寄ったサービスエリアで、母が自販機で焼きおにぎりを買ってくれた。食べ物が機械から出てくることに驚《おどろ》いた。慣れ親しんだ味なのに、衝撃的《しょうげきてき》なほどおいしく感じた。その後、焼きおにぎり以外にも、うどんやハンバーガーの自販機があることを知った。

嵯峨さんが大人になっても、砺波市《となみし》のドライブインにはレトロ自販機があった。売っていたのはハンバーガー。ドライブイン内のキッチンで作られたというハンバーガーは格別だった。自販機ならではのしわくちゃのバンズが味わい深かった。「チェーン店とは違う味。母親が作った袋《ふくろ》ラーメンのようなちょうどいい味」と振《ふ》り返る。

レトロ自販機を求め、県外にも足を延ばした。そばやうどんはだしが濃《こ》かったり、薄《うす》かったりする。トーストやハンバーガーは焼きむらのようなものがある。機械なのに不完全という、どこか矛盾《むじゅん》した趣《おもむ》きがいとおしかった。店ごとに味が違うのもいい。

2018年5月。砺波のドライブインが5日後に閉店するとSNSで知った。「食べ納め」をしたいと思ったが、前年から自販機は故障のため、稼働しておらずハンバーガーは既《すで》に買えないらしい。もっと足繁《あししげ》く通えばよかったと後悔《こうかい》した。全国各地でレトロ自販機を置く店が廃業《はいぎょう》しようという時期だった。「よそのように、このままなくしてしまうのはもったいない。何より最後に食べられなかったのが心残りでした」

趣味《しゅみ》のバイクのため、倉庫を借りたところだ。大きな自販機を譲り受けても保管する場所はある。嵯峨さんは鉄道模型が好きで、工場勤務。機械いじりには少しは心得があった。修理にも挑戦《ちょうせん》したかった。

ドライブインの経営者に電話した。自販機はスクラップにするつもりだという。「それなら譲ってほしい」と伝えた。直接会って話をしてみると、県外から引き取りたいという連絡《れんらく》もあったらしい。そちらは業者で経済的な基盤《きばん》や運営計画は嵯峨さんよりもしっかりしていた。しかし、「北陸唯一の存在を地元の富山で稼働させたい」と熱を込めて押し切った。

＊

自販機は嵯峨さんが生まれる前に造られたもので、ボロボロの状態だった。左から2番目の商品ボタンは、心無い客に叩《たた》き壊《こわ》されていた。冷却《れいきゃく》機能もおかしい。しかし、コンビニのバーガーを使って実験してみると、加熱機能は無事だった。自販機バーガーならではのシワシワのバンズになった。古い機械だからこそ、構造はシンプルでいじりやすい。「心臓部は動いている。これなら工夫すればやれる」と希望を感じた。

保健所に問い合わせると、保冷剤《ほれいざい》を使い温度管理を徹底《てってい》するなどの条件を守れば、自販機の営業は可能だという。調理済みのハンバーガーを仕入れるなら、特別な許可もいらない。自販機はいつ調子が悪くなるか分からず、常にそばにいないといけないが、稼働を休日に限ればなんとかなる。

地域のイベントなどで交流があった「かって屋」が「うちに置けばいい」と声を掛《か》けてくれた。販売するハンバーガーは群馬の業者から調達できることになった。

自販機を引き取って2カ月後、初めて一般《いっぱん》に向けて販売を始めた。大雨にもかかわらず、SNSなどで知った人たちが開店前から行列をつくった。補充が間に合わないほどの盛況《せいきょう》で、用意したハンバーガー約30個は完売した。砺波のドライブイン時代からの客は「この自販機でまた買えた」と喜んでくれた。

＊

ハンバーガーを付きっきりではなく、無人で毎日販売する目標がある。冷却装置を取り付けるためにクラウドファンディングをすると、多くの人が寄付してくれた。たくさんの人が自販機と嵯峨さんを支えようとしている。

鉄道好きな嵯峨さんは、その縁《えん》を通じた仲間がやたらと多い。彼《かれ》らが修理にも関わってくれる。富山市出身で栃木県の芳田悟《よしださとる》さん（33）もその一人。メーカーのエンジニアで、機械設計に詳《くわ》しい。部品が手に入らず、修理やメンテナンスに手こずる嵯峨さんの様子を見かねて、手伝いを申し出た。「嵯峨さんには熱量と行動力がある。応援《おうえん》したくなる」と言う。盆暮《ぼんく》れのたびに店に立ち寄り、様子を見守る。３Ｄプリンターを使い、壊れたボタンも復活させた。芳田さん以外にも何人もの人が修理の手助けをしてくれた。

ハンバーガーは地元で人気のパン屋に作ってもらうことにした。「ここだけの味」は県外客に喜んでもらえる。味はチーズとカレーの２種類。「味なら間違いなく自販機のハンバーガーで日本一です」

一方で、気を抜《ぬ》くと自販機はどこかが調子悪くなる。まだ目を離《はな》すわけにはいかない。儲《もう》けもなく、手間もかかる。それでも「懐《なつ》かしかった」「おいしかった」という素朴《そぼく》な反応がうれしい。ハンバーガーを買って店を出る客に、嵯峨さんはいつも「ありがとうございました」と深々と頭を下げる。その隣《となり》で自販機が悠然《ゆうぜん》と直立している。

（2021年12月1日掲載《けいさい》）

レトロ自販機は世話が焼ける。時折、駄々《だだ》っ子のようにかまってもらおうとする。2022年春には心臓部とも称されるレンジ機能が壊れた。嵯峨さんは知り合いの協力を得て、2カ月近くかけて修理した。その後は機嫌が良くなったのか、絶好調らしい。最近は自販機のメニューにフィッシュバーガーが加わった。白身魚のフライとタルタルソースの組み合わせに間違いはない。早速人気者になっている。

自販機が稼働するのは毎月2回程度。富山県外から多くのファンが「あの食感」を求めて訪れる。嵯峨さんは付きっきりでその様子を見守る。「お金儲けのためにやっているわけじゃない。僕は自販機の隣でのんびり店番しています」。二人で一つ。10代の大親友同士か、長年連れ添《そ》った夫婦のようだ。

13

ペルーから曽《そう》祖《そ》父《ふ》の母国へ

次は自分が助ける番

ナスカの地上絵のポスターが貼《は》られた扉《とびら》を開けると、研究室のあちこちにペルーの国旗や見慣れない形の笛、表情豊かな人形が飾《かざ》られている。ソファの上にはカラフルで大きな布が広げられている。「ペルーのマントです。この下には書類がたくさんあります。なかなか片付かないので目隠《めかく》しに使っています」。部屋の主であるオチャンテ・村井《むらい》・ロサ・メルセデスさん（40）は恥《は》ずかしそうにする。

ペルーの首都リマで生まれ育った。南米の風を感じさせる品々は故郷の土産物だ。大阪の桃山《ももやま》学院教育大学で准教授《じゅんきょうじゅ》を務める。教員を目指す学生がたくさんいる学校で、1990年代以降に日本に移り住んだ外国籍《がいこくせき》の子ども、いわゆる「ニューカマー」の教育を研究する。

指導するゼミの学生には、外国籍の子どもたちの宿題を手伝ったり、交流したりする機会をつくる。4月から小学校の教員になるという学生は「国籍を含《ふく》め、今の学校にはいろいろな児童がいる。ゼミでの経験が役に立つはず」と言う。

国や自治体に依頼《いらい》され、オチャンテさんはニューカマーの課題について提言する機会も多い。外国から移り住むなどして、日本語指導が必要な子どもたちをめぐる状《じょう》況《きょう》は厳しい。一般的《いっぱんてき》な日本人に比べて高校の中退率は高い。高校を卒業しても非正規雇用《こよう》の職に就《つ》く傾向《けいこう》もある。「今は韓国《かんこく》も中国も人手不足。その中で日本を選んだ人たちを孤立《こりつ》させてはいけない。子どもの教育が重要なんです」と話す。

自身も日系4世のニューカマー。母方の曽祖父《そうそふ》が旧大山町《おおやままち》出身だった。96年12月に兄弟や祖父母と共に15歳《さい》で来日した。

＊

高層ビル群に囲まれ、最先端のテクノロジーが街中を覆《おお》う。にぎやかにおしゃれな人が行き交う。ショッピングするにも目移りしてまうほど店がある。4半世紀前のオチャンテさんは、日本にそんなイメージを抱《いだ》いた。しかし、連れてこられたのは三重県伊賀市《いがし》という小さな地方都市だった。大阪と名古屋を結ぶ国道があり、たくさんの工場がある街だった。

90年代のペルーはハイパーインフレに見舞《みま》われ、人々の生活は大きく混乱した。一方で、日本は労働力不足を補おうと、入国管理法を改正し、日系人の定住を促《うなが》した。オチャンテさんの両親も日本で働くことを決めた。自動車部品の工場で働き、生活の基盤《きばん》を整えた。ペルーに残した家族を呼び寄せられたのは、入国から5年後だった。

オチャンテさんが最初に暮らした公営住宅は、ペルーの家よりも狭《せま》かった。でも、両親のそばにいられてうれしかった。一家はカトリック教徒で、日曜日になれば家族で教会に通った。信徒に「頑張《がんば》って」と言われたことがあった。初めて耳にする日本語の響《ひび》きが印象的で、父に意味を尋《たず》ねた。「頑張る」。何度かつぶやいた。

しばらくして富山にある曽祖父の実家にあいさつに行った。ルーツがある富山は雪国だと聞いて育った。12月の富山は三重と違《ちが》い、見渡《みわた》す限り真っ白な雪に覆われていた。空気がひんやりとしていた。

曽祖父の実家の人たちは盛大《せいだい》にもてなしてくれたが、片言の日本語しか話せず、気《き》恥《は》ずかしかった。目を伏《ふ》せていると母に怒《おこ》られた。そんなオチャンテさんに初めて会った親戚《しんせき》たちが優《やさ》しいまなざしを向けていた。外の空気は冷たいが、中に入ってしまうと暖かい。なんとなく想像していた日本人の国民性と重なった。

伊賀市の中学校には、3年生の3学期だけ通った。体育や音楽、英語の授業にだけ出た。それ以外の時間は日本語を学んだ。卒業までの短い期間で、ひらがなとカタカナ、小学1年生の漢字をどうにか覚えた。

進学したのは定時制高校だった。当時の日本語力で全日制の高校を受験するのは難しかった。日本語をあまり必要としない数学と英語の試験に力を入れた。意気込《いきご》みや志望理由など、面接で聞かれそうなことは丸暗記して試験に臨《のぞ》んだ。

高校生活の日中は工場でアルバイトをした。父は「家庭教師でも付けて日本語をしっかり勉強させたい」という考えだった。しかし、学校に「他の生徒も働いている。生きた言葉が身に付く」と勧《すす》められた。バイトが終わると、授業開始より30分早く登校した。熱心な教員が日本語を教えてくれた。

大学に行きたかった。ペルーにいた頃《ころ》からカウンセラーになるのが夢だった。人と話すのが好きだし、心の動きに興味があった。ボランティアで日本語教室を主宰《しゅさい》し、家族ぐるみの付き合いがあった菊山順子《きくやまじゅんこ》さん（60）は「心理学を学んでも、仕事に直接つながらないでしょう。だから『看護学部もいいよ』と言ったんです。でも、ロサは頑固《がんこ》ですね。思い込んだら一直線」と笑う。

親元を離《ばな》れ、京都にある大学の心理学部に進学した。学費は高校時代のアルバイトでためたお金を充《あ》てた。日本語がすっかり上達した大学3年の夏休み。母校の中学校から、ニューカマーの子どもの学習支援《しえん》に協力してほしいと頼《たの》まれた。

生徒たちと交流してみて、分かったのは当時の自分と似た悩《なや》みを持っているということだった。「しばらく離れていた親とコミュニケーションが取りづらい」「日本での将来に不安」「学校になじめない」。大なり小なり、かつての自分が感じていた悩みだった。彼《かれ》らのことをもっと知りたいと思った。大学院に進み、日本に暮らす外国籍の親子の関係を研究することにした。

＊

修士課程を修了《しゅうりょう》後は巡回《じゅんかい》相談員として外国人の子どもたちや保護者の悩みや困りごとを聞いた。地域によって支援体制が異なることが気になった。外国人に対して熱心なボランティアがいる地域もあれば、いない場所もある。日本語力に応じた高校入試の特別措置《そち》や、外国人の生徒向けの特別枠《とくべつわく》の有無も自治体によって異なることも知った。「現場の活動には限界がある。もっと違う立場からニューカマーや保護者の声を代弁しないといけない」と思った。在野で論文を書き続け、大学教員の仕事を得た。

大学教員の肩書《かたが》きを得ると、講演を依頼されるようになった。グローバル化による社会の変化に伴《ともな》い、外国籍の子どもたちの現状に関心を寄せる人は多い。壇上《だんじょう》で届けたのは、自身の実体験と当事者の声だ。そして、子どもを支援する意味を訴《うった》える。「生まれたのが外国でも、彼らの多くが日本で生きる。日本語を覚えて自己実現して、社会に貢献《こうけん》できるようになるのは日本人にとってプラスなこと。行政や学校だけでなく、地域で子どもと親を支えるべきなんです」

大学で職を得たことについて「あなたが優秀《ゆうしゅう》だったからでしょう」と言われることがある。確かに努力はした。しかし、人生の節目でたくさんの日本人が背中を押《お》してくれた影響《えいきょう》の方が大きいと思っている。

ボランティアグループのメンバーがことあるごとに翻訳《ほんやく》や通訳を買って出てくれた。卒業した大学の存在は、一家で通っていた教会の神父から教えてもらった。日本語に不安があったオチャンテさんにとって有利な入試制度の利用を勧《すす》めてくれた人もいた。大学での就職口を教えてくれたのも、学生時代から世話になった教授だった。「自分で頑張った部分はあるけれど、他の人より努力したとか、勉強ができたというわけではない。みんなのサポートがあったから今があるんです。次は自分が手助けする順番」と力を込める。

*

曽祖父はきっと強い覚悟《かくご》で富山を飛び出し、ペルーに渡《わた》った。そして戻ることはなかった。そのひ孫の自身が日本にいることに不思議な縁《えん》を感じる。「今の私にとってペルーは『行く場所』で日本は『帰る場所』。ここに助けないといけない人がいるし、生きがいがあるんです」

（2022年1月1日掲載《けいさい》）

外国から日本に来た子どもが、すくすく育ってそのまま日本で活躍《かつやく》する。とてもすてきなことだ。オチャンテさんもその一人だろう。

では、そのような人生は本人の才能と努力だけで決まるか。そんなわけはない。才能や努力を後押ししてくれる人物や環境《かんきょう》に恵《めぐ》まれるかどうか。オチャンテさんもこれまで出会った人たちへの感謝を忘れない。

有利な環境に頼らなくても、成功する人はいる。でも、それはたまただ。運任せにせず、社会全体でニューカマーを受け入れる仕組みを整えないといけない。社会に貢献《こうけん》できる人物を育てることは、人口減少が進む日本にとってプラスでしかない。

教育の重要性を訴えるオチャンテさんに学んだ卒業生たちは、全国各地の学校で教《きょう》壇《だん》に立つ。大学で学んだことを実践《じっせん》してくれているのは大きな喜びだという。

コロナ禍《か》の影響で一時減少傾向《けいこう》にあった在留外国人の数は、再び増加に転じている。多様性を社会の活力につなげたい。

14

心とゆっくり向き合う

不登校だった専門家

ワンルームの壁《かべ》一面には、ミニチュアがずらりと並ぶ。動物や怪獣《かいじゅう》、人間、乗り物などとジャンルはバラバラ。仏像を模したものもある。無数のミニチュアは「箱庭療法《りょうほう》」に用いられる。気になるものを選び、砂の入った箱に自由に置き、心を理解しようとする心理療法だ。

部屋の主は、富山市の臨床《りんしょう》心理士・公認心理師の深澤大地《ふかさわだいち》さん（41）。国家資格を持つ心の専門家として、この部屋や市内のクリニックで10、20代の若者の悩《なや》みを中心に耳を傾《かたむ》ける。

「友達にいじめられている気がする」「家族に暴力を振《ふ》るってしまう」「死にたくなる」。相談室に訪れる人の悩みはそれぞれに重く、切実だ。深澤さんは相談者に解決策や正解を一方的に提示しない。考え方の善しあしも言わない。ただ言葉を引き出して、心のしこりを解きほぐす。「本人も気付いていない心の奥底《おくそこ》にあるものを一緒《いっしょ》に紐解《ひもと》く仕事。自分の〝トリセツ〟作りの手伝いです」と表現する。

不登校に関する悩みも多い。深澤さん自身も小学校と中学校にほとんど通っていない。当時は教室に入れなかったのに、今では親身になって不登校の子どもの心の内を聞く。「似た経験をしたからこそ、理解できることもある。ただ、自分の気持ちを入れすぎると適切なカウンセリングにならない。そのバランスが難しい」と話す。

＊

長野のりんご農家に生まれた。自己主張が下手で、他の人となじめなかった。そんな子どもは今も昔もからかいの対象になりがちだ。小学校の同級生には、たびたびプロレス技をかけられた。通学が苦痛になり、靴《くつ》を履《は》こうとするだけで体が重い。布団から出たくなかった。登校をしたり、しなかったりを繰《く》り返し、結局通えなくなった。不登校が登校拒否《きょひ》と呼ばれ、まだ珍《めずら》しい時代だった。心配した母に病院へ連れて行かれた。近所の川で「一緒に飛び降りて死のう」と言われた。おはらいも受けた。親が悲しんでいるのがつらく、「飼い犬に自分の残りの寿命《じゅみょう》をあげたい」と思った。

中学校は小学校と人間関係が地続きだ。苦手な同級生と顔を合わせるのは怖《こわ》く、入学式にしか行けなかった。卒業証書は校長室で受け取った。その間、適応指導教室に通い続けた。授業はなく、ただ自習する日々。「分からないことがあったら質問するように」と言われたが、何が分からないかも分からなかった。それでも友人ができ、初恋《はつこい》もした。学校に行かなくても、青春はあった。

近所で同級生の親にばったり会うと、「これからどうするの？」と聞かれた。一緒にいた親が困った表情をしている。自分のせいで親が嫌《いや》な思いをしているのが不愉快《ふゆかい》だった。「見返してやる」と決めた。

当時の深澤さんの学力や内申点でも、辛《かろ》うじて入れる高校があった。勉強は苦手なままだが、通学はもう嫌《いや》ではなかった。臨床心理士という職業を知ったのはその頃《ころ》だ。たまたま手にした本によると、専門的な知識を用いて心の問題を解決する仕事らしい。不登校だった自分や、自分を追い込《こ》んだ同級生の心に何が起こったのか興味があった。

大学どころか、大学院を修了《しゅうりょう》しないといけない高度な資格だ。進路担当の教員には「あなたの学力では心理学部がある大学は無理」とそっけなく告げられた。諦《あきら》める気はなかった。まずは千葉の専門学校に入学。そして通信制の大学に編入した。大学院は10校近く受験し、全て不合格。それでも1年の浪人《ろうにん》生活を経て、合格を果たした。

大学院で痛感したのは学力のなさだった。講義のほとんどが英語のテキストや論文を基《もと》にして行う。語学は積み重ねだ。基礎《きそ》がほとんどない深澤さんには拷問《ごうもん》のようだった。一字一句を翻訳《ほんやく》したり、先輩《せんぱい》に質問したり。遅々《ちち》とした歩みだったが、「目標に向かっていく充実《じゅうじつ》感があった」。

26歳《さい》で念願の臨床心理士の資格を得た。関東の教育施設《しせつ》で1年契約《けいやく》を更新しながら勤めていたところ、大学の教授から「富山の総合教育センターで人を探している。常勤の仕事だ。あなたの経験が生かせると思う」と連絡《れんらく》を受けた。

30歳を目前に控《ひか》えたタイミング。将来のこともぼんやり考えていた。5年間の任期制の仕事ではあるが、当時よりは安定していた。ただ思ってもいなかった話だ。「富山ですか。少し遠いですね。ちょっと考えさせてください」と応じた。すると、「考えるくらいなら、やめておきなさい」と突《つ》き放《はな》された。理不尽《りふじん》さに困惑《こんわく》したが、すぐに交際相手に電話で相談した。後に妻となる由起《ゆき》さん（40）だった。幸い、富山行きを勧《すす》めてくれた。それを機に結婚《けっこん》した。

＊

新天地では、新しい挑戦《ちょうせん》が待っていた。子どもや保護者のカウンセリングの仕事に、教員の研修などの業務が加わった。しかし、大勢の人前で話すのは苦手だった。10代の頃、精神科で「社会不安障害」という診断《しんだん》を受け、「人前で話すような仕事はよしなさい」と言われていた。それなのに、着任翌日に講演することになっていた。当日は下を向き、紙に書いた文章を一字一句読み上げた。講演で期待される躍動感《やくどうかん》や機転など皆無《かいむ》だった。誰《だれ》が聞いてもつまらない話しぶりだった。言葉が届いた手応えはなかった。

仕事にようやく慣れた頃、5年の任期が終わった。臨床心理士は高度な資格だが、雇用《こよう》は不安定だ。非常勤で複数の職場を兼務《けんむ》する人は珍しくない。深澤さんも、しばらくクリニックや学校でのカウンセリングを掛《か》け持ちして生計を立てた。仕事と仕事を渡《わた》り歩くような生活に不安を感じていた。

ある日、妻から公務員試験の受験を勧められた。ちょうど富山県警が心理職の職員を募《ぼ》集《しゅう》していた。35歳の年齢《ねんれい》制限にぎりぎり間に合うタイミングだった。

採用されてみると、非行少年たちとの警察の向き合い方に違和《いわ》感《かん》を覚えた。夜中に家出した少年を補導すれば、「家出なんてするな」と強く注意しないといけない。時には「もうしません」と念書も書かせる。警察独自のノウハウがあるのは分かるが、これまでの自分のやり方とは違う。かつてなら家を飛び出さざるを得なかった原因をじっくり聞き、一緒に解決方法を考えたはずだ。時間をかけて、自分の意思で生活を立て直してもらった。理想と現状のギャップの間で揺《ゆ》れ、ストレスを感じた。妻の前でも「行きたくない」とつぶやいた。定年まで勤め上げる未来が見えず、たった3カ月で辞めた。

その後、1カ月かけて国内を旅して自分を見つめ直した。やりたいのは、やはりじっくりと人の心と向き合うことだった。

2017年。自身の相談室を立ち上げた。最初は人が来ない。ビラをまいても、効果はなかった。無収入の月もあった。しかし、大学や仕事の縁《えん》で知り合った人たちが相談者を紹介《しょうかい》してくれた。相談室は少しずつ軌道《きどう》に乗った。由紀さんは「妻とすれば安定した仕事の方がいい。でも、夫はやりたいことをやるのが向いているタイプ。今は生き生きとしています。こっちを選んでよかった」とほっとした表情を見せる。

＊

深澤さんは相談者の前向きな変化を感じる瞬間《しゅんかん》にやりがいを感じる。小さな変化でいい。自室に引きこもっていた人が、家族と食事する。不登校の子どもが教科書を棚《たな》から机の上に置く。「無関係の人には何でもないことでも、本人には大きな一歩なんです。ここからなんですよ」

深澤さん自身も変わった。講演が苦手ではなくなっていた。依頼《いらい》も多い。12月下旬《げじゅん》には高岡市内の中学校で講演した。もう紙に書いた文言を読み上げるようなことはしない。会場を歩き回り、生徒に質問しながら、笑いを取る。そして緊張《きんちょう》しない方法や、勉強するべき理由を一緒に考える。

スクリーンで娘《むすめ》の名前を紹介すると、会場の空気がさらに和やかになった。最近3歳になった娘は「こころ」という。

（2022年2月1日掲載《けいさい》）

講演会に行くと、小さな文字で埋《う》め尽《つ》くされたパワーポイントにうんざりすることがあるが、深澤さんの講演は楽しい。会場の人たちが聞き入っているのが横で見ていて分かる。大人に向けて講演する時には、自分自身の来し方を打ち明けることもある。「どこかで過去の自分を大人に助けてほしいという気持ちがある」と言う。

深澤さんは不登校になった頃、親に「世の中には頭を使う仕事か、体を使う仕事しかない。このまま勉強しないと、選択肢《せんたくし》がなくなるぞ」と言われたという。深澤さんは「それ以外の道もある」と反発した。反発をエネルギーにした。そして出会ったのは心そのものを扱《あつか》う仕事だった。

人生では往々にして「これか、あれか」と二者択一の選択を迫《せま》られることがあるが、一歩引いて考えると別の道もある。深澤さんのような存在が、別の道を探す手助けをしてくれる。

15

理科の先生は魔女《まじょ》

本質に迫《せま》る子どもを育てる

148歳《さい》。年齢《ねんれい》を尋《たず》ねると、三井早苗《みついさなえ》さんはそう答える。「本当は？」と質問を繰《く》り返せば、68歳と渋々《しぶしぶ》明かしてくれる。

魔女を自称《じしょう》する。ゆるくパーマがかかった髪《かみ》を部分的に緑色に染めている。お手製のガウンは真っ黒。魔女と言えば魔女だ。

小学生を対象にした塾《じゅく》を富山市の自宅2階で主宰《しゅさい》する。その名も「マジョリカ実験学校」。魔女による理科の学校という意味だ。文科省の学習指導要領に沿って、植物や生き物を観察したり、電流が生み出す力を調べたりする。設備は小学校の理科室以上。顕微鏡《けんびきょう》は中学校レベル。ビーカーも試験管の数も豊富だ。実験器具どころか、授業を受ける児童全員分の国語辞書も備える。

「思考するのは日本語。辞書を引くと知識と知識がつながり、好奇心《こうきしん》を呼ぶ。点取り虫ではなく、人間を育てているんです」

年齢を80歳もごまかすのには理由がある。「大人や教師は嘘《うそ》をつくと知ってほしい。

真実かどうかを判断するのは自分。学問のスタートは疑問を持つことでしょう」

三井さんは小学校の教員だった。２０１４年、定年退職を機に塾を立ち上げた。理科だけの塾というのは珍《めずら》しい。「理科の理は、論理の理。筋道を立てて考え、確かめる教科です。実験すれば目の前で結果が出る。教師の権威《けんい》なんて関係ありません。何より楽しいでしょう」と熱っぽく語る。

その言葉通り、考え方の本質に迫る指導が評判だった。しかし、来年3月にいったん幕を引く。惜《お》しむ声は多いが、「もう体がボロボロなのよ」。

＊

若かりし頃《ころ》は、海洋生物の研究をしたかった。イルカと泳ぎたかったからだ。しかし、家はそれほど裕福《ゆうふく》ではない。当時は教員になれば奨学金《しょうがくきん》を返還《へんかん》しなくてもよかった。美人で大好きな母も小学校の教員だった。仕方なく教員を志した。

大学では理科教育を専攻《せんこう》した。授業で着る白衣がまぶしく見えたからだ。教師が結論を与《あた》えず、児童自身に探究させる発見学習の第一人者に師事した。子どもの主体性を育てようとする姿勢に共感した。

初任地は魚津《うおづ》の小学校だった。当時の校長は熱心で、レポートにみっちり赤字を入れてくれた。先輩《せんぱい》教員もかわいがってくれた。何よりも、児童が理解を深める場面に立ち会えることにやりがいを感じた。

初めての学習参観では「気温の測定」を取り上げた。日なたと日陰《ひかげ》で気温が違《ちが》うか、児童に議論してもらった。「実際はどうか確かめてきて」と水を向けると、皆一斉《みないっせい》に外に飛び出した。教室には親と自分が残された。視線が痛かったが、率先《そっせん》して確認する児童の姿に「よしよし」と思った。これこそ、大学で学んだ発見学習の精神だった。

25歳で見合い結婚《けっこん》し、3カ月で別れた。家庭に収まるタイプではなかった。「母親が花嫁姿《はなよめすがた》をどうしても見たいって言うから仕方なかったの。でも向いてなかった。学生のうちに大恋愛《だいれんあい》しておけばよかった」

＊

魔女になったのは20年ほど前だ。お気に入りの赤いワンピースを、ある男子児童から酷評《こくひょう》された。「何なら似合うの?」と尋ねると「ヤンキーの格好」と言われた。

その晩に、衣料品チェーン店で背中にドクロのマークが入ったシャツを買った。翌日、それを羽織って教室に入った。シャツには白色のジャージのズボンと真っ赤なビーチサンダルを合わせた。髪をカーラーでクルクルと巻き、口紅も派手な色にした。その姿を見た児童たちは喜んだ。今度は、当時流行していた〝コギャル〟の格好を提案された。セーラーカラーのブラウスに袖《そで》を通し、ルーズソックスを履《は》いた。面白半分で仮装したわけではない。教師が児童の声に耳を傾《かたむ》ける存在だと伝えたかった。

その次は魔女に扮《ふん》した。三角の帽子《ぼうし》をかぶり、全身黒ずくめ。おもちゃの杖《つえ》を持って登場した。隣《となり》のクラスの児童も見物に来た。ヤンキーの格好を勧《すす》めた男子は「先生、もういいよ。ありがとう」と言ってくれた。

「たかが服で思いが伝わる。それならずっと魔女でいい」。魔女のコスチュームはユニホームになった。ある日、年齢を聞かれた。口から出任せで「129歳」と答えた。キリのいい数字だと真実味がない気がした。

＊

荒《あ》れていたり、発言がほとんどなかったり。さまざまな問題があるクラスを担当してきた。それでも立て直してきた。やんちゃな子どもがいれば、全力で一緒《いっしょ》に遊んだ。押《お》さえつけるのではなく、向き合えば信頼《しんらい》してくれる。そんな信念があった。

対立をいとわず、上司にも、同僚《どうりょう》にも、保護者にも言うべきことを言った。購入《こうにゅう》を認められない教材は自腹を切ってでも買った。熱心な姿勢を支持してくれる同僚もいたが、中には疎《うと》ましく感じる人もいた。「子どものために」と言えば、「またそれですか」と言われた。出世には縁《えん》がなかった。関係があるはずの会議に呼ばれないなど、嫌《いや》がらせを受けることもあった。

先輩教員で同じ学校に勤めたことがある草野和子《くさのかずこ》さん（72）は「三井さんには子どもの挑戦《ちょうせん》心を育てようという強い信念があった。思ったことをはっきり言うから、ぶつかる人もいたでしょう。普通《ふつう》の人なら揺《ゆ》らぐところも、彼女《かのじょ》は違った。学校という組織が才能を生かしきれなかったのは、もったいなかった」と評する。

教師人生の終盤《しゅうばん》は、担任としてクラスを受け持つことはなかった。それでも児童から は慕《した》われた。離任《りにん》することになった学校では、児童が大挙して校門まで見送りにきた。研究発表のため、かつての職場を訪れると、児童たちがひと目姿を見ようと押《お》し寄《よ》せてきた。「偉《えら》くはならなかったけど、幸せだな」と思った。

60歳。定年退職の翌月に塾を開いた。自宅を新築した時、「いつか塾を開くかもしれない」と2階は壁《かべ》や仕切りのない広々とした空間にしていた。退職金は実験用の器材に費《つい》やした。「普段の生活は慎《つつ》ましい。でも必要ならパッと使っちゃえばいいんです」。最初の生徒は1人。それが口コミで評判を呼び、徐々《じょじょ》に集まってきた。誰《だれ》にも口を出されず、理想の教育に打《う》ち込《こ》める。最高の環境《かんきょう》だった。教える知識を磨《みが》こうと、塾の傍《かたわ》ら、東京の大学院にも通った。

長野県塩尻市《しおじりし》の高校1年生、小川真瞳《おがわまなと》さん（16）は、富山にいた小学3年から5年生にかけて塾生だった。初めて塾を訪れた時は黒ずくめの三井さんを見て「ヤバい」と思った。でも、すぐに信頼できる先生だと確信した。「一つ一つの実験が学校と違って深い。多面的な見方を教えてくれた」。筋肉の仕組みを学ぶ授業が衝撃的《しょうげきてき》だった。フライドチキンが配られ、関節を曲げ伸《の》ばしして観察させられた。見慣れた食べ物が違う物に見えた。長野に引《ひ》っ越《こ》したが、最近塾に遊びにいった。塾は愛すべき母校になっていた。

＊

良い理科教育には良い教材が必要だ。畑は教材の宝庫だ。花や野菜を育てれば、虫も集まる。それら全てが子どもたちにとって上質な教材だった。

しかし、教員時代に児童と全力で駆《か》け回《まわ》ってきたからか、三井さんは膝《ひざ》の関節を痛めていた。手術しても元通りにはならない。畑仕事は医師に禁じられた。理科は教材が命。畑がなければ用意できない。実験学校の看板を来年3月に下ろすと決めた。

塾自体を閉じるつもりだったが、知人から「もったいない」と引き止められた。理科でなくても、算数や国語につまずく子どもがいる。その力になったらいいと勧《すす》められた。世の中には他にも塾があるから、自分に需要《じゅよう》があるという確信はない。でも、「子どもが成長する瞬間《しゅんかん》に立ち会える仕事は他にない」とも思う。

やっぱり魔女はやめられない。子どもたちのために、使える魔法はまだある。

（2022年3月1日掲載《けいさい》）

これまでの取材経験の中で自分の年齢をうっかり若く言ってしまう人はたくさんいたけど、80歳もカサ増しするのは三井さんぐらいだ。

最近は「終活」を意識し、魔女っぽい黒い服も少しずつ処分しているという。魔女の服はともかく、三井さんのような指導力のある教師がいなくなるのはもったいない。

もし、自分が小学生の時に三井さんと出会っていたら、また違った人生があったのかもと想像してしまう。本当に148歳まで生きてくれないものだろうか。魔女なら、調子が悪い膝くらい治せるのではないか。

16

教室を抜《ぬ》け出し美術館へ

高校が嫌《きら》いだった学芸員

常設展は美術館が持つコレクションを紹介《しょうかい》する。人気の作品や時流を捉《とら》えたテーマが軸《じく》となる企画展《きかくてん》に比べれば、どうにも地味な印象がある。一方で、その美術館の持ち味や魅力《みりょく》が凝縮《ぎょうしゅく》されている。

県水墨《すいぼく》美術館の常設展示室はこぢんまりとしているけれど、花鳥風月を題材にした作品で日本の伝統美を伝える。今は冬から春へと移り変わる兆《きざ》しを感じさせる作品を飾《かざ》る。湿《しめ》り気《け》たっぷりの雪が枝をしならせる様子を描《えが》いた日本画や、梅の大木の周りで2羽のキジが遊ぶ屏風絵《びょうぶえ》が目を引く。

この美術館で常設展を担当するのが、昨年4月に入ったばかりの新人学芸員、金山《かなやま》謡《よう》さん(23)。毎回季節や企画展との取り合わせを意識しつつ、展示作品を決める。「自分が選んだ作品を出せるって幸せですよ」とやりがいを語る。

美術は心を動かす。慰《なぐさ》めを与える。金山さんも心を癒《いや》されてきた。最初に美術にほれ込《こ》んだのは、職場の県水墨美術館だった。

＊

初めての美術館の記憶《きおく》は小学生の頃にさかのぼる。授業の一環《いっかん》で地元入善町《にゅうぜんまち》の「下山《にざやま》芸術の森　発電所美術館」を訪れた。水力発電所だった空間を生かし、小規模ながらも全国的に知られる現代美術館だ。金山さんが目にしたのは、医療用《いりょうよう》のベッドがいくつも吊《つ》るされ、天井から水が降るという奇抜《きばつ》なものだった。日本を代表する美術家の手による意欲作だ。

今なら「すごいものを見てしまった」と感動するはず。前衛的な表現を発信する美術館が地元にあることを、誇《ほこ》らしくも感じただろう。しかし、当時は10歳程度。知識も関心もない。たじろぐばかりだった。「想像していた美術と違う」と遠くに感じた。

次に美術館に行ったのは高校1年生だった。中国から高校生がホームステイに来ることになった。日本らしいところに連れていこうと、事前に県水墨美術館を下見した。源氏物語に関連した企画展が開催《かいさい》中だった。ガラスケースの中の絵巻は緻密《ちみつ》で色彩《しきさい》豊かではあるけれど、どこかとっつきにくい。そもそも源氏物語をきちんと説明できない。結局、郊外《こうがい》のショッピングセンターとますのすしミュージアムに行った。

＊

10代の心は繊細《せんさい》で複雑だ。高校2年になると、学校を息苦しく感じるようになった。進学校だから、教師は受験勉強に集中するよう急き立《せ》てる。勉強ができる同級生たちは意識が高く、未来にまっしぐらに進もうとする。学校全体で体育大会がやたらと盛り上がるのにも違和感《いわかん》があった。自分はどこかふわふわして、場違《ばちが》いに感じた。

行事だったか、授業だったか。もう記憶にない。ある日の午後、学校をとにかくサボりたくなった。廊下《ろうか》に雪舟《せっしゅう》展のポスターが貼《は》ってある。雪舟の存在は知っているが、その作品が富山に来ているとは意外だった。雪舟展が開かれている県水墨美術館は高校から歩いていける距離《きょり》にある。誰にも言わず教室を抜け出した。

高校を背に橋を渡り、県水墨美術館に着いた。会場には、室町時代に活躍《かつやく》した雪舟が描いた屏風の大作を中心に、その流れをくむ絵師たちの作品が並んでいた。たまたま学芸員のギャラリートークの最中で、中国から輸入された水墨画が、日本独自の表現を獲得《かくとく》するまでの道のりを解説していた。耳を傾けていると、ガラスの向こうにある古めかしい作品が生き生きと浮《う》かび上がって見えた。「美術、いいじゃん」と思った。学校で感じていたストレスからも一瞬《いっしゅん》だけ解放された気がした。

それからは、新しい企画展があるごとに美術館に足を運んだ。展示替《が》えがあれば、同じ美術展でも行った。学校のよどんだ空気に窒息《ちっそく》しそうになっても、展示室で深呼吸すると生き返った気になれる。学校からの道中ではギャラリートークの有無を携帯《けいたい》電話で尋ねた。プロの解説を聞いた方が美術展は楽しい。

ある日、展示室で学芸員に声をかけられた。さっきまでギャラリートークでマイクを握《にぎ》っていた女性だった。たまたま居合わせた新聞記者に感想を尋ねられていたところだった。「真剣《しんけん》に聞いてくれてありがとう」と感謝された。大人の来場者が多い美術館の中で制服姿が目立っていたらしい。照れくさかったけれど、うれしかった。

声をかけたのは学芸課長の桐井昇子《きりいしょうこ》さん（50）。「美術館は基本的に大人の場所。そこに若い人が来てくれると、私たちは喜んでしまいます。他にも楽しい場所があるのに来てくれたんだから」と話す。

いつしか金山さんにとって学芸員は憧《あこが》れの存在になった。1時間近くも退屈《たいくつ》させずに絵画の魅力を説明する話術と知識に目を見張った。でも「自分には無理だろう」とも思った。学校が嫌いだから、勉強に身が入らない。数学にも生物の教科にも意味を見出《みいだ》せず、受験勉強をしたくない。大学に行かなければ資格は取れない。でも学芸員にならなくても、監視《かんし》や清掃《せいそう》など美術のそばにいられる仕事は他にもある。

しかし、やはり親は「大学くらい行ったほうがいい」と言う。担任の教諭《きょうゆ》も同意見だ。説得されて、美術史なら勉強してもいいと妥協《だきょう》した。大学は富山大学の芸術文化学部に行くことにした。休み時間は図書室で美術関係の本を読んだ。面接試験で美術への関心を尋ねられることへの対策でもあったが、単純に楽しかった。

1年生と3年生の時に担任を受け持った教諭の山本早紀《やまもとさき》さん（40）は、金山さんについてこう振り返る。「1年生の時は積極的で明るい子。それが2年生になると廊下ですれ違っても、暗い表情を浮《う》かべていた。でも、3年になると『美術が好き』と言い、また明るくなった。学校の外で素敵《すてき》な大人に出会って、いい影響《えいきょう》を受けたんですね」

晴れて合格した大学は自由だった。誰にも強制されない勉強は面白い。入学前から目当てにしていた教授が辞《や》めると、別の大学に行こうかとも思《おも》い詰《つ》めた。それくらい勉強が好きになっていた。

大学生活の中で美術展には1000回近く行った。外国の美術館も行った。アルバイトして稼《かせ》いだお金のほとんどをつぎ込んだ。

大学院進学へ向けて、勉強に打ち込んでいた矢先に県水墨美術館が学芸員を募集《ぼしゅう》しているとと聞いた。学芸員の仕事の口は決して多くない。一度逃《のが》せば、次の募集がいつあるか分からない。ましてや自分が美術を好きになった大切な美術館だ。

準備期間がほとんどない中で応募《おうぼ》した。筆記試験の勉強も十分ではなかった。面接試験では「脚立《きゃたつ》に上れますか」と聞かれた。高いところは苦手だが、「大丈夫です」と言い切った。嘘ではない。どんなに怖《こわ》くても、いざとなったらやる。

＊

たった1人の採用枠《さいようわく》に合格した。信じられなかった。「高校が好きだったら美術館に行っていなかったかもしれない。高校が嫌いだったから学芸員になれた」と思った。

1月には氷見市《ひみし》出身の作家の企画展を担当した。常設展示室には、その父の作品を飾る立体的な仕掛《しか》けもした。新人とはいえ、常設展担当者としては腕《うで》の見せどころだ。

憧れていたギャラリートークもやった。作家が作品に込めた思いや狙《ねら》いを話した。「イタコになったつもりで」マイクを握った。来場者が最初から最後まで自分の話を聞いてくれたことに感激した。憧れていた仕事に就《つ》いたのだと改めて実感した。

ＳＮＳでの発信も金山さんの仕事だ。今の高校生にとって電話をかけることはハードルが高い。だからネットでの情報発信を大切にする。少しでも柔《やわ》らかい印象にしようと、絵文字を付けている。「かつての私のように美術館を必要としている10代に届けたい」。願いを込めて投稿《とうこう》している。

学芸員になってちょうど1年。あっという間の1年だった。覚えることも、挑戦したいことも、まだたくさんある。

（２０２２年4月1日掲載《けいさい》）

実は高校生当時の金山さんに会ったことがある。美術展の取材の際にコメントをもらった。どちらかというと年配の来館者が多いタイプの企画展で、制服姿の金山さんは目立っていた。「きっと美大に進学するのだろう」と勝手に予想していたが、まさかその美術館で学芸員になるなんて思いもしなかった。

そろそろ後輩《こうはい》の学芸員も入る時期ということで「もう新人じゃなくなるんです」と話していた。金山さんが手掛《てが》けた企画展で美術に触《ふ》れた中学生や高校生が、作家や学芸員の道を歩むのだろう。

17

煮《に》干《ぼ》しをやめるという挑《ちょう》戦《せん》

6代目が下した決断

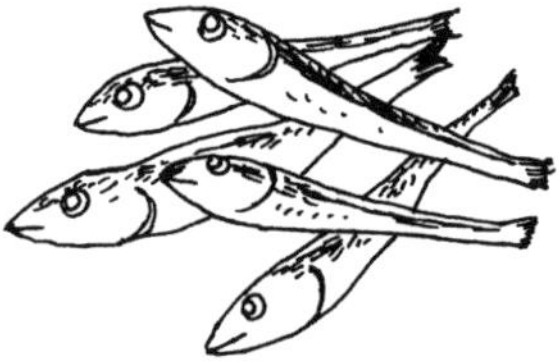

煮干しをかたどった金属製のオブジェが外壁《がいへき》に泳ぐ。木の看板には、「煮干し干《ひ》物《もの》製造と直売」と書かれている。黒い文字は風雪で薄《うす》れつつも、力強い書体で主張する。氷見市《ひみし》の柿太水産《かきたすいさん》は100年以上、海辺の街で水産加工業を営んでいる。

氷見のイワシは定置網《ていちあみ》で取るため、傷が少なく、鮮度《せんど》がいい。看板商品の煮干しは、そのイワシを天然塩だけで加工したもの。うまいだしが取れる。「水産加工なんていう言葉が生まれる前から、うちは魚を扱《あつか》ってきました」。6代目の柿谷政希子《かきたにせきこ》さん(54)は説明する。

柿谷さんは「柿太」の長い歴史の中で、大きな決断を下した。看板商品の煮干しの製造をやめる。

＊

「煮干し屋」。小学校の同級生にからかわれた。毎日お風呂《ふろ》にも入っているのに「煮干しくさい」と言われる。そもそも、魚よりも甘《あま》い物が好きだ。なぜケーキ屋に生まれなかったのかと家業をうらんだ。

金沢《かなざわ》の短大を卒業し、高岡の旅行会社に勤めた。海外旅行のツアープランを考え、添乗員《てんじょういん》もした。

「家の帳簿《ちょうぼ》だけでもやらないか」。楽しく仕事していたところ、今では81歳になる母の悦子《えつこ》さんに誘《さそ》われた。柿谷さんは2人姉妹で、姉は県外に嫁《とつ》いでいた。実家に残る娘《むすめ》を家業に巻《ま》き込《こ》もうという腹づもりだったのだろう。

バブル真っ盛りで、柿谷さんはまだ20代半ば。どんな可能性も広がっている気がしていた。それに当時の職場には、女性は結婚したら辞めるという古くさい暗黙《あんもく》の約束があった。いつかは卒業する場所だった。

家業を手伝う傍ら、司会業を始めた。添乗員の経験があり、人前で話すのは好きだ。いつまでも家のことをやるつもりはない。司会業の縁から、夫となる男性とも出会った。未来はマイクの先にある気がしていた。

煮干しの印象が変わったのは、長女の誕生がきっかけだ。娘の離乳食《りにゅうしょく》として、母がおかゆを炊《た》いた。塩も入れず、煮干しのだしだけを使ったものだった。娘が勢いよく食べているのを見て、自分も口に含《ふく》んでみた。優《やさ》しい味が舌に染《し》み入《い》った。「これを昔から私は食べていた」と思い出した。「本物の味がそばにあった」とも思った。かつては複雑な気持ちを抱《いだ》いた「煮干し屋」に、ようやく誇りを感じた。育児から復帰するべき仕事は司会ではなく、家業だった。

翌年、氷見市内の温泉旅館から加工品を販売《はんばい》しないか打診《だしん》された。それまでは市場に卸《おろ》していただけで、小売りに回していなかった。小分けしてパッケージした煮干しは思いのほか売れた。卸とは違い、消費者の反応が目に見えやすい。デザインも自分なりにこだわり、手応えを感じた。東京にある富山のアンテナショップの店頭にも並ぶことになった。「おしゃれだね」と手に取ってもらえた。

煮干しを買った富山出身という中年男性から、こんな感想が寄せられた。「味噌汁《みそしる》がお袋《ふくろ》の味になった」。自分たちの煮干しが富山の味なのだと感じ入った。地元の小学校の依頼《いらい》を受け、魚をさばく体験教室も開くようになった。「おいしいものが身近にある。そう伝えることが故郷への愛情につながる」と使命感を覚えた。

＊

2011年に転機が訪れた。離婚《りこん》した。「しっちゃかめっちゃかなサザエさんのような家だった」と柿谷さん。柿谷家は来客も、電話も、宴会《えんかい》も多い。いつもせわしなかった。婿養子《むこようし》で勤め人だった夫にとって、快適なわが家とは言えなかった。「彼《かれ》は手助けしようとしてくれていたんですけど、私の気が回らなかった」。魚に関わる仕事の多くは男社会の色彩《しきさい》が濃《こ》い。柿谷さんの肩《かた》にのしかかるものが少し大きくなった。

家業の方も順風満帆《じゅんぷうまんぱん》とは言えなくなった。だしパックのような便利な食材が普及《ふきゅう》したからか。食卓《しょくたく》が多様化したからか。主力の煮干しの販売量が年々減った。ネット販売に力を入れ、県外にも柿太のファンが広がっていたが、まだまだだった。

追い打ちをかけたのが、新型コロナだ。飲食店の注文が途絶《とだ》えた。設備の更新時期を迎《むか》えたが、投資に見合う売り上げの見込みはない。最盛期には十数人いた従業員は、繁忙期《はんぼうき》を手伝うパートだけになった。これまで煮干し作りの中心にいた父も高齢《こうれい》だった。結局、在庫の煮干しを売り切ったら、もう作らないと決めた。気持ちは今も揺れている。「『柿太の煮干しじゃないと』と言ってくれるお客さんには、心苦しい」

一方で、煮干しとともに柿太の歴史を刻んだ主力商品に目を向けた。イワシをぬか床《どこ》で熟成させた「こんか漬《づ》け」は柿太ならではの伝統の味だ。氷見産の米ぬかや地元の酒蔵の酒かす、さらに深層水も使う。多少の力作業はあるが、重厚な設備は必要なく、伝来のたるさえあればいい。料理人にもファンは多い。魚津市《うおづし》の濱多雄太《はまだゆうた》さん(37)もその一人。「発酵食《はっこうしょく》はそもそも保存食。つまり生きるためのもの。でも、柿太のこんか漬けはちゃんとおいしい。僕《ぼく》にとっては富山を象徴《しょうちょう》する味です」と言い切る。

柿谷さんは濱多さんと、こんか漬けを応用した調味料を考案した。歴史と結び付いた新しい味だ。

発酵学の権威《けんい》の講座に通い、こんか漬け自体の味も磨く。古い作業場の使っていないスペースは、観光客向けの休憩所《きゅうけいしょ》にリニューアルすることにした。漁具を飾れば港町らしさも出るはず。「今あるもので何かできることがある。歴史の中にヒントがある」

父の正成《まさなり》さん（85）は、柿谷さんに何度も「やめておけ」と言ったという。「どうせ儲《もう》からん。でも、政希子は昔からいくら言っても聞かんけど」と続ける。

＊

柿谷さんは昨年2月、初めて市場の競《せ》りに顔を出した。顔見知りの仲買人に「おはようございます」と言うと、「何を観光客みたいなこと言うとる」と素っ気なく対応された。競りの様子に圧倒《あっとう》された。作法も飛び交う言葉もよく分からない。しばらく、何も買えずに後ずさりする日々が続いた。

母からは「とにかくハイって手を上げれば買える」と背中を押された。腹を決めて市場に行った。男性だらけの市場にも、行商や鮮魚店の女性はいる。彼女らは持ち上げるのも大変な重い魚を軽トラックに積み込んでいる。自分だけできないはずがない。

最初に競り落としたのは、ブリでもイワシでもなく、ワカメだった。「漁獲量《ぎよかくりよう》が年々減る中、魚以外で何か試《ため》したい」という挑戦心だった。丁寧《ていねい》に洗浄《せんじよう》して、細かくカットすると、まずは地元の小学校が学校給食用に仕入れてくれた。「大きい取引ではないけれど、小回りを大切にしたい」と言う。

今でも何も買えないことがある。希望がかなわなかった日、仕方なく作業場の大掃除《おおそうじ》をした。物置きから古びた編み籠《かご》やせいろが出てきた。「先代たちの歴史が迫《せま》ってくるようだな」と思った。そこに母が現れて「明日も魚はおるよ」と慰《なぐさ》めてくれた。

ある日、父からノートを手渡《てわた》された。仕入れの記録と、家族の様子が記してあった。「マグロがうまい」「魚がいない。もうダメだ」と海に一喜一憂《いっきいちゆう》した日々がつづられていた。重いものを手渡されたと胸が熱くなった。照れくさかったのか、後日回収されてしまったけれど。

この4月1日に正式に店を継《つ》いだ。決意を込めてSNSで発表すると、友達から「エープリルフール？」とからかわれた。うそではない。本気だ。これまで通りではないが、歴史を積み重ねる。社長就任を機に、4月から県内各地で開いている直売会を「わっしょい柿太」と銘打《めいう》った。他の誰でもない。自分を奮い立たせている。

（2022年5月1日掲載《けいさい》）

柿太水産は毎年、小学生を受け入れて魚のさばき方を教えている。柿谷さんの食育への思いからだ。作業場は魚や発酵食品の独特なにおいに満ちている。慣れないにおいに、思わず鼻をつまんでしまう子どもたちもいる。柿谷さんの母、悦子《えつこ》さんは「これは歴史のにおい」と教える。なんて味がある言葉！

その言葉と同じくらい味がある「こんか漬け」を軸《じく》に柿谷さんは新しい道を切り開こうとしている。よく行くカフェでも柿谷さんのこんか漬けを使ったパスタが期間限定メニューで登場していた。もちろんおいしく頂きました。

18

テノールは元相撲《すもう》少年

夢破れても歌い続ける

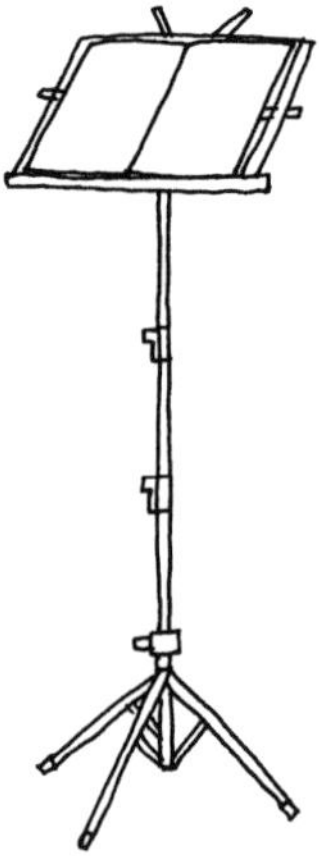

イタリアの大衆歌曲「フニクリ・フニクラ」は恋《こい》と登山電車を歌う。19世紀末に生まれ、世界三大テノールもコンサートのここぞという場面で披露《ひろう》してきた。親しみやすいメロディーは国境を越《こ》えて愛される。日本ではこんな歌詞で広まった。

〽おにのパンツはいいパンツ　つよいぞ　つよいぞ

庄司慧士《しょうじけいし》さん(23)はこの春、富山市民プラザで開かれた無料コンサートの1曲目に選んだ。トラ柄《がら》のマントをひるがえし、テノールの歌声で愉快《ゆかい》な歌詞を響《ひび》かせる。会場の空気を一気につかんだ。

歌い終えて、自己紹介をする場面ではこう切り出した。「大相撲《おおずもう》春場所の千秋楽はご覧になりましたか。若隆景《わかたかかげ》が12勝3敗で並んだ高安《たかやす》との優勝決定戦を制しました」。「おにのパンツ」の次は相撲の話。意外な展開の連続に、聴衆《ちょうしゅう》は引《ひ》き込《こ》まれた。

庄司さんはかつて相撲に励《はげ》んだ。167センチの身長に対して、ピーク時の体重は101キログラムだった。最近はマラソンに目覚め、62キログラムにまで落とした。

土俵に立っていた面影《おもかげ》はないが、今でも相撲は大好きだ。

明るいステージに込めた思いを尋ねると「みんなが知らないマニアックな曲は、あんまりやりたくないんですよ。楽しいのが一番です」と話す。

＊

今でこそ小柄《こがら》だが、小学生の時は大きな方だった。身長はクラスで3番目くらい。さらに運動好きでわんぱく。担任の教諭《きょうゆ》が相撲のクラブ活動に誘《さそ》ってくれた。生まれ育った富山市呉羽《くれは》地区は横綱《よこづな》・太刀山《たちやま》の出身地で伝統的に相撲が盛んだった。

相手を倒《たお》すか、土俵から出すか。ルールは単純。一瞬で勝負が決着するスピード感が、目立ちたがり屋を自認する庄司さんの心をつかんだ。中学校まで相撲を続け、両国国技館で開かれた全国大会にも出場した。

相撲部を引退した中学3年生の秋。庄司さんのクラスは合唱コンクールでゴスペラーズの「言葉にすれば」を歌った。庄司さんはソロパートに名乗りを上げた。これまで合唱では他の男子と同様、周りに紛《まぎ》れるように歌っていた。しかし、学級代表として芽生えた責任感が背中を押した。

冒頭《ぼうとう》のハミングの後、庄司さんは4小節を1人で歌った。しんと静まり返った体育館に声が響いた。スポットライトを浴びた気分だった。歌う快感を知った。

友人にも、教師にも褒《ほ》められた。もっと歌いたくなった。それまで普通科《ふつうか》を志望していたが、県内の音楽家を多数輩出《はいしゅつ》する呉羽高校の音楽コースに切り替《か》えた。

息子の方向転換《てんかん》に両親は猛反対《もうはんたい》した。相撲少年が声楽に突然《とつぜん》目覚めたことに困惑《こんわく》していた。教員の父には「俺《おれ》がいきなり料理人になるようなもんだ」と言われた。母は担任に翻意《ほんい》させるよう頼《たの》んだ。3日間も家族会議が開かれたが、庄司さんは押し切った。

無事に呉羽高校に合格した。声楽を指導した黒崎隆憲《くろさきたかのり》さん（65）は、庄司さんの体格が印象的だった。「コロコロしていて元気がいい。相撲をやっていたから体幹がしっかりしている。息の支え方を教えても覚えがよかった。素直で叙情的《じょじょうてき》な声はテノール向きだと思った」と振り返る。

テノールは高い音域の男声。当初は高音を出すのに苦労したが、失恋《しつれん》をきっかけに音域が広がった。恋に破れ、練習に集中できたのかもしれない。県青少年音楽コンクールでは大賞に輝《かがや》いた。「やっぱり歌で生きる」と音大の最高峰《さいこうほう》、東京芸大に進んだ。今度は反対されなかった。

東京芸大はクセの強い学生が集まる。特に庄司さんのようなテノールは、オペラの主役級を担当することが多く、自己顕示欲《じこけんじよく》をにじませる。発声練習で誰かが大きく歌えば、それよりも大きな声を出す。高い声が聞こえれば、もっと上を行こうとする。直接言葉に表さなくても、みんなギラギラしていた。

ライバルたちに負けまいと土日も練習室にこもった。コンサートにも意識的に通った。吸収できるものは、全て吸収したかった。そうした努力の積み重ねで成績は常に上位をキープ。学内での賞も受けた。

いずれオペラ歌手になる。教員免許《めんきょ》を一応取ったが、就職は考えなかった。華《はな》やかなステージで拍手《はくしゅ》を浴びる瞬間《しゅんかん》を思い描《えが》いていた。卒業後の進路は新国立劇場のオペラ研修所に定めた。世界で活躍《かつやく》する歌手が巣立っている機関だった。

研修生を選ぶ1次試験を突破《とっぱ》した。2次試験は新国立劇場のオペラパレスで開かれた。2千人近くを収容するホールは威厳《いげん》たっぷりだ。これまで歌ったことがある会場はもっと小さい。ステージに立った瞬間に嫌な予感がした。空間に見合う声の響かせ方が分からない。焦《あせ》ると、余計にうまく歌えない。結果はメールで知らされたが、開《かい》封《ふう》前に不合格だと分かっていた。

大学卒業後は富山に戻《もど》ることにした。東京に残っても、コロナのせいで練習する場所もない。オペラ研修所の合格に賭《か》けていたから、何をすべきかも分からなかった。音楽で生きる不安から解放された安堵《あんど》感と、東京への未練が複雑に入り交じった。「どん底だけれど、ホッともしていました」

＊

半年ほど、実家の自室にこもった。「ニート状態でした」と自嘲《じちょう》する。傷心であろう息子を気遣《きづか》ってか、親は怒《おこ》ることもなかった。昼間も寝《ね》たり、スマホをいじったりする日々であっても、歌の練習だけはやめられなかった。

「臨任講師やったら？」。先行きが見えない将来について相談すると、高校の先輩に勧められた。確かに教員免許はあるし、教育実習には楽しい思い出もあった。軽い気持ちで応募し、昨年９月から市内の特別支援《しえん》学校で働くことになった。

次の道が見つかるまでの「つなぎ」のつもりだった。しかし、障害がある子どもたちと打ち解け、信頼される過程に喜びを感じた。最初は距離があっても、慣れると手をつなぎたがってくれた。コロナ禍《か》で歌えない時に「フニクリ・フニクラ」の練習場面を動画で見せたら笑ってくれた。任期が切れて、お別れの挨拶《あいさつ》をして涙《なみだ》を流せば、子どもが背中をさすってくれた。結局、そのまま継続《けいぞく》して同じ学校で働くことになったのは少しばつが悪かったが、うれしかった。

今は小学5年生の副担任で、教科によっては主担当として教壇《きょうだん》に立つ。「まだ子どもたちと上手に会話のキャッチボールはできません。ベテランの先生方の言葉の一つ一つに感心するばかりです」。たじろぎながらも、正規の教員を目指すと決めた。

*

通勤の車中など、時間を見つけては歌声を磨《みが》き続けている。レッスンを付ける富山市出身の声楽家、小林大祐《こばやしだいすけ》さん（37）は「庄司君は真面目で熱意がある。ちゃんと練習しているのが分かる。音大を卒業した後も、地方でレッスンを受け続けるのは強い意志がないとできない」と褒《ほ》める。

スマホをのぞけば、同級生が商業的なミュージカルの舞台《ぶたい》に立ったり、大きなコンクールで優勝したりしている。「歯車が噛《か》み合《あ》えば、あそこにいるのは自分だったのかも」とも思う。でも、富山にも歌う場はある。地元の音楽家が出演するコンサートやオペラにお呼びがかかる。どこであろうと、歌えば楽しい。マスクをしていても真剣に耳を傾けてくれているのは分かる。

今の目標は、教師の仕事をしながら、日本音楽コンクールで1位を取ること。プロの声楽家も挑《いど》む権威《けんい》ある大会だ。二足のわらじでのチャレンジはたやすくない。「大変なことは分かっています。でも頑張《がんば》る姿を子どもたちに見せることに意味がある気がするんです」。コンクールの参加資格は35歳まで。土俵際《どひょうぎわ》まで挑戦するつもりだ。

（2022年6月1日掲載《けいさい》）

たまたま友人に連れられて行った無料のコンサートで庄司さんの歌を初めて聞いた。客席の子どもが楽しそうに体を揺《ゆ》らしていたのが印象的だった。曲間の相撲トークが面白くて取材することを決めた。

几帳面《きちょうめん》な人なのだろう。取材には必ずスーツとビシッとした髪型《かみがた》で対応してくれた。普通なら動きやすい格好でやりそうなオペラの練習にも、スーツ姿で行くという。

公演やオーディションに向けた歌の練習に加え、特別支援学校の教員認定試験の勉強にも打ち込《こ》むという忙《いそが》しい日々を送っている。相撲で培《つちか》った精神力で乗り切ってほしい。

19

日々を見つめ歌に託《たく》す

怖《こわ》がりな新人歌人の転機

決断を先送りにしたい時は誰《だれ》にでもあるだろう。

トースター開けたら昨日のトーストが入ったままでゆっくり閉じる

気まずさとユーモアが入り交じる短歌だ。昨日食べるはずだったパンを発見したら、やるべきことはいろいろあるはず。でも、この作中主体はとりあえず見なかったことにする。トースターの中に昨日と今日を閉じ込《こ》める。黒部市《くろべし》の島楓果《しまふうか》さん（23）が詠《よ》んだ。

春のパンまつりのシールがキッチンの片隅で二度目の春を知る

忘れられた存在に向ける優しさと、空白の時間に漂《ただよ》う思いが垣間見《かいまみ》える一首だ。これらの歌は、歌集を出していない新人歌人を対象にしたコンクールに寄せた。鋭《するど》い観察力が選者の目にとまり、歌集刊行の機会を勝ち取った。選者を務めた歌人、木《きの》下龍也《したたつや》さんは「むきだしの自分とむきだしの世界が色濃《いろこ》く存在している」と評する。

高校を中退し、そのまま無職。先が見えずにいた島さんはこのコンクールに賭《か》けた。「昨日のトースト」のような膠着《こうちゃく》した状態から抜《ぬ》け出そうとした。「ここからちょっとずつ。次につなげていけたら」。真っ黒な長い髪《かみ》をかき上げる。

＊

元々病弱だったが、中学校からさらに調子が悪くなった。級友は皆《みな》優しく接してくれたが、どうも気疲《きづか》れする。周りに合わせようと、よそ行きの自分を演じていた。帰宅して緊張感《きんちょうかん》がほどけると、力が抜けた。家に着いた瞬間《しゅんかん》に気を失うこともあった。病院でも理由は判然としない。1学期は頑張《がんば》れるが、2学期以降には体力も精神力も細る。3年生になると、ほぼ不登校になった。

高校もやはりうまくいかない。他人の気持ちを想像しすぎて分からない。教室を移動する際に、活発な女子生徒が「行こうよ」と言っていても、自分にも声を掛《か》けられている気がしない。途中《とちゅう》まで一緒《いっしょ》にいても、確信を持てずに保健室に逃《に》げ込んだ。気を失う回数も増えた。床《ゆか》にぶつけた腕《うで》があざだらけになった。学校ではずっと緊張状態。楽しいなんて思ったことはなかった。あと少し休んだら留年が確定する。歯を食いしばって学校に行こうとしていたが、母の英子《えいこ》さん（59）から退学を勧《すす》められた。1年生の夏休みの登校日を最後に、制服に袖《そで》を通すことはなくなった。

母は「高校は大事。親なら行かせたい。でも、この人生は娘《むすめ》の人生。無理をさせて自殺でもされたら…。とにかく生きてるだけでよかった」と振《ふ》り返《かえ》る。

＊

短歌と出合ったのは、退学した年の冬だった。きっかけは、親世代が熱狂《ねっきょう》したシンガーソングライター、尾崎豊《おざきゆたか》だった。

憧《あこが》れのアイドルグループ「Ｖ６」が出演するバラエティー番組の動画は、鬱屈《うっくつ》とした日々の癒《い》やしだった。そこに尾崎のヒット曲を替《か》え歌にする芸人が登場していた。

「盗《ぬす》んだバイクを買わされる」という不謹慎《ふきんしん》な替え歌を経由して、〝本物〟が熱唱する青春の歌を愛聴《あいちょう》するようになった。

誰《だれ》のものか分からなかったが、尾崎の著書が自宅の本棚《ほんだな》にあった。小学校の時に不登校だった日々が綴《つづ》られていた。親近感を覚え、もっと知りたくなった。調べてみると、石川啄木《いしかわたくぼく》が好きだったらしい。

啄木の『一握《いちあく》の砂』という歌集を読んだ。短歌は短い。小説ほど集中力を要しない。韻律《いんりつ》が染み入り、意外に分かりやすい。自分でも作ってみたくなった。当時詠んだのは、少し牧歌的で「会社員が定年後に作るような歌」だった。短歌雑誌の公募《こうぼ》に応募してみたが、引っかかることはなかった。

3年ほどして歌を詠むのがつらくなった。変化のない環境《かんきょう》では、歌題は生きる苦しさの中にしか見いだせなかった。

夜遅《よるおそ》くに寝《ね》て、昼前に起きる。外出は母の買い物の同伴《どうはん》や通院、散歩くらい。読書以外に何をするわけでもない。不安に駆《か》られ、自分を責める日々だ。死も口にした。

高校で使うはずだった国語の便覧で、種田山頭火《たねださんとうか》の存在を知った。「どうしようもないわたしが歩いてゐる」などで知られる漂泊《ひょうはく》の俳人だ。その日記をスマホで読んだ。最初は当日の日付の箇所《かしょ》を読むのが日課だった。次第に翌日の日付分にも目線が移った。自分の明日と、山頭火の明日を比べてみたくなった。「その先も、その先も知りたい」と、少し未来を生きてみたくなった。

日記には自由律俳句が添《そ》えてあった。なんでもない日々と素朴《そぼく》な感情が凝縮《ぎょうしゅく》されている。短歌でもできる気がした。

2020年。「あたらしい歌集選考会」という初のコンクール開催《かいさい》を知った。もし選ばれたら、歌集を出版してもらえる。大学に行った同級生が就職活動を始めようとする時期だった。皆が社会に出るのに、自分は何一つ進まない。そんな状況《じょうきょう》を変えたかった。

山頭火が全国を旅しながら日記を綴ったのに対し、島さんは限られた空間で日々を見つめ続け、言葉に託した。

家にいてただ息をしているだけの自分を罪人みたいに思う

進学も就職もしていない。家族以外には迷惑《めいわく》はかけていなくても、どうしても罪悪感を覚える。そんな焦燥《しようそう》を率直《そつちよく》に表現した。

なんだか以前作った短歌とは違《ちが》っている気がした。前は悲しいことを悲しいと書いただけだ。でも、今は苦境を俯瞰《ふかん》できている。不思議と手応えがあった。

しかし、規定の100首が出そろうと、急に怖くなった。万が一選ばれてしまうと、これまでの生活が変わるかもしれない。外に引きずり出され、視線にさらされる。新しい世界に対応できる自信がなかった。

気が変わった。「やっぱり出さない」と言った。すると、母が珍《めずら》しく声を荒《あら》げた。「やってみないと分からないんだから」。めったに怒《おこ》らない母の怒声《どせい》にひるんだ。

母は当時を振り返る。「親ばかかもしれないけど才能はある。1人でも認めてくれたら、娘の力になる気がしました」

応募は締《し》め切り当日の消印が有効だった。営業終了間際の郵便局に滑《すべ》り込んだ。

＊

選出の知らせを受けた。母は「よかったね」と素っ気なかった。怒られたのはなんだったのかと拍子抜《ひょうしぬ》けしたが、母は「辛《つら》い時間は無駄《むだ》じゃなかった」と内心では喜んでいた。

選考会を主催したナナロク社社長で編集者の村井光男《むらいみつお》さん（45）は「身の回りを題材にする生活詠《せいかつえい》はこれまでもたくさんあった。でも、島さんの歌に触《ふ》れ、まだ新しい生活詠があり得るのかと驚《おどろ》いた」と言う。

歌集を作るために、さらに歌を加えることになった。村井さんには、そのやり取りも印象的だった。助詞など細かな修正を提案すると、島さんは応じずに、その歌を落とした。「直せば歌は良くなるかもしれない。でも、そうすると実感とずれてしまうんでしょうね。歌人としての明確な姿勢は、編集者としては頼《たの》もしかった」

歌集を締めくくったのは、こんな歌だ。

優しさをもってすべてに接すればすべてのものは優しさをもつ

「戦争を起こす人がいたり、犯罪があったり。現実が厳しいのは分かっています。でも、私が怖がっていた世界や人にはそうじゃない部分もあると信じたい」と島さん。この歌の下句「すべてのものは優しさをもつ」を歌集のタイトルにした。他者を信じる信念と希望を託した。

予想していた通り、歌集が出たことで新しい風が吹《ふ》いてきた。ラジオで歌が紹介《しょうかい》された。歌集を手にした文芸誌の編集者から、エッセー執筆《しっぴつ》の依頼《いらい》があった。第2歌集刊行の話も持ち上がっている。変化の兆《きざ》しに緊張はするが、思っていたより怖くはない。次は自分なりに富山を詠む。慣れ親しんだ富山弁も取り入れる。一歩、一歩。自分の世界を少しずつ広げる。深めてゆく。

（２０２２年７月１日掲載《けいさい》）

島さんは短歌もいいが、散文もいい。文芸誌『群像』（2022年9月号）では、「またあした」と題したエッセーを寄せた。エッセーによると、島さんは目の前にいる人の顔の下に名前が文字となって見えるのだという。そう、まるでテレビのテロップのように。聞いたこともない人の認識の仕方だ。島さんを取材していた当時、私の名前も見えていたのかと尋《たず》ねると、「タジリさん」と顔の前に浮《う》かんでいたらしい。場合によっては便利な能力かもしれない。そんな島さんは北日本新聞社のフリーマガジン「ゼロニイ」で食べ物にまつわるエッセーを連載《れんさい》することになった。こちらも面白い。

思い出が宿る味を

縁《えん》が生んだインドの家庭料理店

20

カレー好きが注目するレストランが郊外《こうがい》の住宅街にある。涼《すず》しげな風合いの布が壁《かべ》や窓を飾《かざ》る。カウンターには白い牛をかたどった置物や、細長い人体像がぎっちり並ぶ。そして、スパイスの深く複雑な香りが鼻をくすぐる。インドの家庭料理を提供するニーラジュ（魚津市《うおづし》）だ。

常連客がテーブルを囲む。金属製の食器には、豆やチキンのカレーが盛られている。インドで仕立てたピンク色の服を着た店主、川村寿子《かわむらひさこ》さん（53）が説明する。「今日は北インドのパンジャブ地方の料理。ベースはトマトとニンニク、玉ねぎです。割と濃厚《のうこう》で日本人が慣れた味に近いかな」

ニーラジュの料理は一見地味だ。ほとんどが茶色や深い緑のグラデーションのあわいにある。しかし、口に入れればそれぞれ味わいは、はっきりと異なる。野菜と肉が互《たが》いの存在感を引き立て合ったり、カシューナッツのペーストがコクを出したり。

カレーマニアを自称《じしょう》し、店のファンという射水市《いみずし》の50代男性は「日本人だって天ぷらやすき焼きを毎日食べない。インド人もそう。日本のインド料理店にあるのは、宮《きゅう》廷《てい》料理に似た重めのもの。ニーラジュの料理は一般《いっぱん》家庭の料理。素朴《そぼく》で優しい。意外に食べられないんです」と話す。

メニューはない。川村さんは客に苦手な食材を尋《たず》ねても、リクエストには応じない。「注文を聞くと食材に困る。私が使う野菜は買いやすいものか、ご近所からの頂き物。一般的にはバターチキンカレーが人気だけれど、それはよそで食べてくれたらいい」

＊

根っからのカレー好きだ。小学校の卒業式で発表した夢は「カレー屋さん」だった。ただ当時の頭にあったカレーは、市販《しはん》のルーを使った日本的なものだった。

東京の大学を卒業後、一旦《いったん》都内で就職して魚津に戻《もど》った。大手メーカーの事業所で経理を担当した。給料や福利厚生に文句はないが、どこか物足りなかった。

入社5年目に海外旅行を思い立った。最初はアフリカへ行こうとしたが、予防注射が面倒《めんどう》だった。次の候補地がインドだった。大学を卒業して以来、ずっとヨガをやっていた。ヨガといえばインドだ。

普通《ふつう》の観光はつまらない。ホテルではなく、ガイドの家に泊《と》まった。タージマハルやガンジス川にはそれなりに感動したが、むしろ滞在先《たいざいさき》の家族と片言の英語で話す方が面白かった。お国柄《くにがら》か、個人の魅力《みりょく》のせいか分からないが、不思議と居心地がいい。

「よその家なのに魚津にいるみたい」

インド旅行については周囲に明かしていなかった。当時は「バックパッカーが安旅行する国」というイメージもあり、帰国してからの同僚《どうりょう》とのやり取りが面倒に思えた。東京旅行と嘘《うそ》をつき、お土産のぬれせんべいを買うためだけに巣鴨《すがも》に寄った。

帰国後は、インド映画のビデオを繰《く》り返し見て、ヒンディー語を覚えた。毎月東京に出かけ、インドの文化を紹介《しょうかい》する同人誌の制作を手伝った。切手を貼《は》ったり、封筒《ふうとう》に冊子を入れたりしながら、大学教授や伝統工芸に詳《くわ》しい会員とおしゃべりした。旅行ではうかがい知れない知見に触《ふ》れ、インドへの関心が増すばかりだった。

ある日、同僚や上司と飲み会に行った。隅《すみ》っこにいると、上司が話しかけてきた。「僕《ぼく》は目をつむって振《ふ》り返っても後悔《こうかい》しない人生だったと言える。君はどうだ?」。暑苦しい問い掛《か》けだったが、川村さんの心には刺《さ》さった。自分は違《ちが》うと思った。「またインドに行きたい」。ぼんやりとした気持ちが輪郭《りんかく》を持った。30歳《さい》の誕生日に退職した。とりあえず現地でヨガを学ぶことにした。

＊

北インドのリシケシという街に向かった。ヨガの聖地と呼ばれ、ヨガ道場がいくつも軒《のき》を連ねていた。川村さんも道場を掛け持ちして学んだ。英語は苦手だったが、ヒンディー語の覚えは良かった。ヨガ道場の一番弟子と仲良くなったことが大きい。

彼《かれ》は街の顔で、あちこちに連れて行ってくれた。彼を通じて、ニーラジュという10歳ほど上の女性と出会った。後に店名の由来になる女性だった。女性は手料理をごちそうしてくれた。豆のカレーだった。

リシケシはベジタリアンが多い街だ。ニーラジュさんの料理も肉や動物性の脂《あぶら》は使わず、優しい味だった。日本のカレーのずっしりとした味わいとは違った。ヨガ修行の傍《かたわ》ら、遊びに行っては料理を教わるようになった。スパイスの組み合わせ次第で違った表情を見せるインド料理は、子どもの頃《ころ》に好きだった理科の実験のようだった。ヨガよりも料理に夢中になった。ニーラジュさんは川村さんを娘《むすめ》のようにかわいがり、川村さんも「マミー」と呼んだ。

何か当てがあったわけではないが、観光ビザの期限ギリギリの半年間滞在《たいざい》し、帰国してしばらくしたらインドに行く。街や人からエネルギーをもらう。そんな日々を繰り返した。

縁は縁をつなぐ。出会った人たちの紹介で、各地の家庭で郷土料理を習った。広大な国土では、各地方の風土と歴史、個人の生き方が料理に息づいている。「母さん」

や「先生」が30人以上インドにできた。

台所では中身らしい中身がない世間話が盛り上がった。日本で繰り返し見たインド映画が話の種になった。気兼《きが》ねせずに話していると、人柄《ひとがら》が見えてくる。ニーラジュさんに悩《なや》みを打ち明けると、「他人は他人。神様はみんな違う風に人間をつくった」と慰《なぐさ》めてくれた。他の人たちも「今悩んでいることは1時間悩んだら解決するのか。解決するなら悩め。解決しないなら忘れろ」と助言してくる。会話の端々《はしばし》に顔をのぞかせる人生哲学《てつがく》が胸に残った。

付き合っていた現地の男性との間に子どもができた。結婚《けっこん》も考えたが、難しかった。「いろいろと複雑なことがあった。まあ、仕方ない」と振《ふ》り返る。インドはもう特別な場所ではない。「昔からいた気がする」という空気のような場所だ。ずっといたいが、子どもの教育を思えば不安な部分もあった。日本に再び根を下ろすことにした。

＊

生計を立てるためにできるのは料理だった。実家の敷地内《しきちない》にレストランを建てた。料理を手ほどきしてくれた「母さん」に敬意を表し、「ニーラジュ」という名前にした。本人に伝えると「私のお店が日本にできた」と喜んでくれた。レストランで出す料理の一つ一つには、ニーラジュさんら出会った人たちの思い出が宿る。

料理教室も開く。細かなレシピなど気にしない。定番の一品を教えれば、以前も習ったという受講生が「前とレシピが少し違う」と困惑《こんわく》することもある。でも、川村さんは動じない。「玉ねぎ一つでも時期によって水分量は違う。中火といっても人それぞれ。結局感覚なんですよ。おいしければ正解」と笑う。このおおらかさもインドで学んだ。

奈良の大学に通う一人娘、悠珠《ゆうじゅ》さん（18）は母をこう評する。「私も友達に変わり者と言われるけれど、みんな母と会うと納得《なっとく》します。でも、そんな母だから、お店ができたし、来てくれるお客さんもいる」

店の経営がうまくいかない時には、娘が励《はげ》ましてくれた。「お母さんからインドを取ったら何も残らんよ」。インドの血のせいか、育て方が良かったのか。娘は時々ハッとさせるようなことを言う。店をなんとか続けられたのは、娘のおかげだ。インドに連れて行けば、彼女も友人たちに娘や孫同然にかわいがられる。
コロナ禍《か》で3年以上インドには行っていない。インドは第二の故郷だ。恋《こい》しくて、富山の風景にリシケシの山々を重ねることもある。9月に渡航《とこう》しようと、航空券を予約した。会いたい人はたくさんいる。ただただ笑い合いたい。

（2022年8月1日掲載《けいさい》）

家庭料理はありふれているようで、面白いものなのかもしれない。例えば、「卵焼き」。我が家で食べているものと、お隣《となり》の食卓《しょくたく》で食べるものは全く違《ちが》う味だろう。味噌汁《みそしる》も、肉じゃがも違う味だろう。日本がそうなら、広いインドはなおさら。川村さんがインド料理にハマった理由もなんとなく分かる気がする。ニーラジュに取材に行くのは、いつも楽しみだった。何かしら食べて帰ったり、テイクアウトでおいしいカレーを買って帰った。川村さんのカレーは不思議と胃にもたれない。お腹いっぱいになって店を出ても、うちに帰ればまだ食べれる気がする。また行きたい。

あとがき

富山県の人口は１００万人強です。47都道府県の中では37番目の人口規模です。決して大きな県とは言えません。しかし、どうやらこの土地で日々生まれる人間模様は大変多彩《たさい》で豊かなようです。『虹《にじ》』の主人公の皆《みな》さんが、それを示しています。

『虹』は人生が織りなすヒューマンストーリーを紹介《しょうかい》しています。富山という土地に深い縁《えん》を持つ人たちが登場します。２００９年5月にスタートし、毎月１日付の北日本新聞で１ページを使って掲載《けいさい》しています。２０２３年１月時点で１６５回を数えます。

20編ごとに１冊にまとめており、本書は8巻目になります。自由律俳句への情熱を再び静かに燃やす俳人の一句から始まり、インドを愛してやまない家庭料理店の物語で締《し》めくくられます。「誰《だれ》もいないから両手を広げた」というサブタイトルは、各編の登場人物が心に秘《ひ》めた自由さや決意を表現しようとしています。快く取材に応じていただいた皆様に、この場を借りてお礼を申し上げます。

さて、この企画《きかく》は紙面協賛していただいている大谷製鉄《おおたにせいてつ》株式会社（射水《いみず》市《し》）の提案でスタートしました。新聞は時に災害や戦争などの悲しいニュースを伝えますが、「『虹』のページを開いた時だけでも、温かな気持ちになってほしい」という同社の願いが込《こ》められています。

同社から、内容についての細かな注文は一切頂いておりません。担当者が自由にテーマを決め、執筆《しっぴつ》しています。広告企画の枠《わく》を超《こ》えた類のない紙面と言えるでしょう。同社の志と寛大《かんだい》さに深く感謝いたします。

本書の記事は全て、北日本新聞社開発部の田尻秀幸《たじりひでゆき》が執筆しました。文中に登場していただいた方の肩書《かたが》きや年齢《ねんれい》は、掲載時のままとしております。各編の終わりには、新聞掲載時に書き切れなかったエピソードや、掲載後の展開などもつづりました。

これまでと同様、富山県内の小学校から大学、公立図書館に贈呈《ぞうてい》させていただきました。本書が1人でも多くの方の心に届けば幸いです。

北日本新聞社メディアビジネス局長　釣谷秀樹《つりたにひでき》

「虹」は、2009年５月から毎月1日付の北日本新聞朝刊で
連載しています。新書版第８集となる本書には、
2021年１月から2022年８月までの20回分を収載しています。
発行にあたり、本文を一部、加筆修正しました。

虹《にじ》 8

2023年1月20日発行

取材執筆　田尻秀幸（北日本新聞社開発部）
協　　力　大谷製鉄株式会社
発 行 者　蒲地　誠
発 行 所　北日本新聞社
〒930-0094　富山市安住町２番14号
電 話　076（445）3352（出版部）
FAX　076（445）3591
振替口座　00780－6－450

編集制作　（株）北日本新聞開発センター
装丁挿絵　山口久美子（アイアンオー）
印 刷 所　（株）シナノパブリッシングプレス

ISBN 978-4-86175-120-2